史上最讚的 日語會話速成班

+MP3
附50音發音表

雅典日研所◎企編

用日語短句輕鬆溝通
日語會話力立即速成

簡單短句，會話立即通

50音基本發音表

清音

•track 002

a	ㄚ	i	ㄧ	u	ㄨ	e	ㄝ	o	ㄡ
あ	ア	い	イ	う	ウ	え	エ	お	オ
ka	ㄎㄚ	ki	ㄎㄧ	ku	ㄎㄨ	ke	ㄎㄝ	ko	ㄎㄡ
か	カ	き	キ	く	ク	け	ケ	こ	コ
sa	ㄙㄚ	shi	ㄒ	su	ㄙ	se	ㄙㄝ	so	ㄙㄡ
さ	サ	し	シ	す	ス	せ	セ	そ	ソ
ta	ㄊㄚ	chi	ㄑㄧ	tsu	ㄘ	te	ㄊㄝ	to	ㄊㄡ
た	タ	ち	チ	つ	ツ	て	テ	と	ト
na	ㄋㄚ	ni	ㄋㄧ	nu	ㄋㄨ	ne	ㄋㄝ	no	ㄋㄡ
な	ナ	に	ニ	ぬ	ヌ	ね	ネ	の	ノ
ha	ㄏㄚ	hi	ㄏㄧ	fu	ㄈㄨ	he	ㄏㄝ	ho	ㄏㄡ
は	ハ	ひ	ヒ	ふ	フ	へ	ヘ	ほ	ホ
ma	ㄇㄚ	mi	ㄇㄧ	mu	ㄇㄨ	me	ㄇㄝ	mo	ㄇㄡ
ま	マ	み	ミ	む	ム	め	メ	も	モ
ya	ㄧㄚ			yu	ㄧㄩ			yo	ㄧㄡ
や	ヤ			ゆ	ユ			よ	ヨ
ra	ㄌㄚ	ri	ㄌㄧ	ru	ㄌㄨ	re	ㄌㄝ	ro	ㄌㄡ
ら	ラ	り	リ	る	ル	れ	レ	ろ	ロ
wa	ㄨㄚ			o	ㄡ			n	ㄣ
わ	ワ			を	ヲ			ん	ン

濁音

•track 003

ga	ㄍㄚ	gi	ㄍㄧ	gu	ㄍㄨ	ge	ㄍㄝ	go	ㄍㄡ
が	ガ	ぎ	ギ	ぐ	グ	げ	ゲ	ご	ゴ
za	ㄗㄚ	ji	ㄐㄧ	zu	ㄗ	ze	ㄗㄝ	zo	ㄗㄡ
ざ	ザ	じ	ジ	ず	ズ	ぜ	ゼ	ぞ	ゾ
da	ㄉㄚ	ji	ㄐㄧ	zu	ㄗ	de	ㄉㄝ	do	ㄉㄡ
だ	ダ	ぢ	ヂ	づ	ヅ	で	デ	ど	ド
ba	ㄅㄚ	bi	ㄅㄧ	bu	ㄅㄨ	be	ㄅㄟ	bo	ㄅㄡ
ば	バ	び	ビ	ぶ	ブ	べ	ベ	ぼ	ボ
pa	ㄆㄚ	pi	ㄆㄧ	pu	ㄆㄨ	pe	ㄆㄝ	po	ㄆㄡ
ぱ	パ	ぴ	ピ	ぷ	プ	ぺ	ペ	ぽ	ポ

拗音

• track 004

kya ㄎㄧㄚ		kyu ㄎㄧㄩ		kyo ㄎㄧㄡ	
きゃ	キャ	きゅ	キュ	きょ	キョ
sha	ㄒㄧㄚ	shu	ㄒㄧㄩ	sho	ㄒㄧㄡ
しゃ	シャ	しゅ	シュ	しょ	ショ
cha	ㄑㄧㄚ	chu	ㄑㄧㄩ	cho	ㄑㄧㄡ
ちゃ	チャ	ちゅ	チュ	ちょ	チョ
nya	ㄋㄧㄚ	nyu	ㄋㄧㄩ	nyo	ㄋㄧㄡ
にゃ	ニャ	にゅ	ニュ	にょ	ニョ
hya	ㄏㄧㄚ	hyu	ㄏㄧㄩ	hyo	ㄏㄧㄡ
ひゃ	ヒャ	ひゅ	ヒュ	ひょ	ヒョ
mya	ㄇㄧㄚ	myu	ㄇㄧㄩ	myo	ㄇㄧㄡ
みゃ	ミャ	みゅ	ミュ	みょ	ミョ
rya	ㄌㄧㄚ	ryu	ㄌㄧㄩ	ryo	ㄌㄧㄡ
りゃ	リャ	りゅ	リュ	りょ	リョ

gya	ㄍㄧㄚ	gyu	ㄍㄧㄩ	gyo	ㄍㄧㄡ
ぎゃ	ギャ	ぎゅ	ギュ	ぎょ	ギョ
ja	ㄐㄧㄚ	ju	ㄐㄧㄩ	jo	ㄐㄧㄡ
じゃ	ジャ	じゅ	ジュ	じょ	ジョ
ja	ㄐㄧㄚ	ju	ㄐㄧㄩ	jo	ㄐㄧㄡ
ぢゃ	ヂャ	づゅ	ヂュ	ぢょ	ヂョ
bya	ㄅㄧㄚ	byu	ㄅㄧㄩ	byo	ㄅㄧㄡ
びゃ	ビャ	びゅ	ビュ	びょ	ビョ
pya	ㄆㄧㄚ	pyu	ㄆㄧㄩ	pyo	ㄆㄧㄡ
ぴゃ	ピャ	ぴゅ	ピュ	ぴょ	ピョ

平假名	片假名

自我介紹篇

日常禮儀篇

購物篇

旅遊篇

餐飲篇

學校職場篇

邀約請求篇

喜怒哀樂篇

身體狀況篇

休閒活動篇

交通方位篇

表達意見篇

自我介紹
篇

はじめまして

ha.ji.me.ma.shi.te.

初次見面

説明

「はじめまして」是表示第一次見面。説這句話是表示第一次見面，以後還請多多指教的意思。

會話

A：はじめまして、陳太郎(ちんたろう)と申(もう)します。どうぞよろしくお願(ねが)いします。

ha.ji.me.ma.shi.te./chi.n.ta.ro.u.to./mo.u.shi.ma.su./do.u.zo./yo.ro.shi.ku./o.ne.ga.i.shi.ma.su.

初次見面，我叫陳太郎。請多多指教。

B：はじめまして、私(わたし)は田中宏(たなかひろし)です。医学部(いがくぶ)の3年生(ねんせい)です。

ha.ji.me.ma.shi.te./wa.ta.shi.wa./ta.na.ka.hi.ro.shi.de.su./i.ga.ku.bu.no./sa.n.ne.n.se.i.de.su./

初次見面，我叫田中宏。是醫學部3年級的學生。

相關短句

お目(め)にかかれて光栄(こうえい)です。

o.me.ni.ka.ka.re.te./ko.u.e.i.de.su.

很榮幸能和你見面。

Track 005

田中(たなか) 宏(ひろし)と申(もう)します

ta.na.ka.hi.ro.shi.to./mo.u.shi.ma.su.

我叫田中宏

說明

「～と申(もう)します」是「我叫～」的意思。「～と申(もう)します」是較禮貌的說法。也可以說「～といいます」或是「私(わたし)は～です」。

會話

A：私(わたし)は陳太郎(ちんたろう)です。よろしくお願(ねが)いします。

wa.ta.shi.wa./chi.n.ta.ro.u.de.su./yo.ro.shi.ku./o.ne.ga.i.shi.ma.su.

我叫陳太郎，請多指教。

B：私(わたし)は田中(たなか) 宏(ひろし)と申(もう)します。よろしくお願(ねが)いします。

wa.ta.shi.wa./ta.na.ka.hi.ro.shi.to./mo.u.shi.ma.su./yo.ro.shi.ku./o.ne.ga.i.shi.ma.su.

我叫田中宏，請多指教。

相關短句

私(わたし)の名前(なまえ)は川口(かわぐち)理恵(りえ)です。

wa.ta.shi.no./na.ma.e.wa./ka.wa.gu.chi./ri.e.de.su.

我的名字是川口理惠。

わたし　がくせい
私は学生です
wa.ta.shi.wa./ga.ku.se.i.de.su.

我是學生

說明

わたし
「私は～です」可以用於表明身分，如果是上班族的話就是「会社員」。另外說明職業時，也可以說「～に勤めています」表示在哪邊上班。
(かいしゃいん／つと)

會話

しょくぎょう　なん
A：職業は何ですか？
sho.ku.gyo.u.wa./na.n.de.su.ka.

請問你的職業是什麼？

わたし　がくせい
B：私は学生です。
wa.ta.shi.wa./ga.ku.se.i.de.su.

我是學生。

相關短句

かんれん　しごと
ネット関連の仕事をしています。
ne.tto.ka.n.re.n.no./shi.go.to.o./shi.te.i.ma.su.

從事網路相關的工作。

しゅっぱんしゃ　つと
出版社に勤めています。
shu.ppa.n.sha.ni./tsu.to.me.te.i.ma.su.

在出版社工作。

Track 006

趣味(しゅみ)は野球(やきゅう)です

shu.mi.wa./ya.kyu.u.de.su.

興趣是打棒球

説明

「趣味(しゅみ)」是興趣的意思，介紹自己的興趣，可以用「趣味(しゅみ)は～です」的句型。

會話

A：田中太郎(たなかたろう)と申(もう)します。趣味(しゅみ)は野球(やきゅう)です。よろしくお願(ねが)いします。

ta.na.ka.ta.ro.u.to./mo.u.shi.ma.su./shu.mi.wa./ya.kyu.u.de.su./yo.ro.shi.ku./o.ne.ga.i.shi.ma.su.

我叫田中太郎，興趣是打棒球，請多多指教。

B：陳太郎(ちんたろう)です。私(わたし)も野球(やきゅう)好(ず)きです。どうぞよろしくお願(ねが)いします。

chi.n.ta.ro.u.de.su./wa.ta.shi.mo./ya.kyu.u.zu.ki.de.su./do.u.zo./yo.ro.shi.ku./o.ne.ga.i.shi.ma.su.

我叫陳太郎，我也喜歡棒球，請多指教。

相關短句

本(ほん)を読(よ)むのが好(す)きです。

ho.n.o.yo.mu.no.ga./su.ki.de.su.

我喜歡念書。

家族(かぞく)は3人(にん)います

ka.zo.ku.wa./sa.n.ni.n.i.ma.su.

家裡有3個人

說明

「家族(かぞく)は～人(にん)います」是表示家裡有幾位成員。另外還有「～人家族(にんかぞく)」的說法，比方說家裡有3個人，就能說是「3人家族(にんかぞく)」。

會話

A：何人家族(なんにんかぞく)ですか？

na.n.ni.n.ka.zo.ku./de.su.ka.

請問你家有幾個人？

B：家族(かぞく)は3人(にん)います。

ka.zo.ku.wa./sa.n.ni.n.i.ma.su.

家裡有3個人

相關短句

私(わたし)は、1人(ひとり)の兄(あに)と1人(ひとり)の妹(いもうと)がいます。

wa.ta.shi.wa./hi.to.ri.no.a.ni.to./hi.to.ri.no.i.mo.u.to.ga./i.ma.su.

我有一個哥哥一個妹妹。

4人家族(にんかぞく)です。

yo.ni.n.ka.zo.ku.de.su.

家裡有4個人。

Track 007

台北(たいぺい)に住(す)んでいます

ta.i.pe.i.ni./su.n.de.i.ma.su.

住在台北

說明

「～に住(す)んでいます」是表示居住的地方。問對方住在哪裡，則是説「どこに住(す)んでいますか」。

會話

A：どこに住(す)んでいますか？

do.ko.ni./su.n.de.i.ma.su.ka.

你住在哪裡？

B：台北(たいぺい)に住(す)んでいます。

ta.i.pe.i.ni./su.n.de.i.ma.su.

我住台北。

相關短句

一人暮(ひとりぐ)らししています。

hi.to.ri.gu.ra.shi./shi.te.i.ma.su.

我一個人住。

実家(じっか)は台中市(たいちゅんし)です。

ji.kka.wa./ta.i.chu.n.shi.de.su.

老家在台中市。

Track 008

誕生日（たんじょうび）は11月（がつ）22日（にち）です

ta.n.jo.u.bi.wa./ju.u.i.chi.ga.tsu./ni.ju.u.ni.ni.chi.de.su.

生日是11月22日

説明

「誕生日（たんじょうび）」是生日的意思，問生日則可以説「誕生日（たんじょうび）はいつですか」。

會話

A：誕生日（たんじょうび）はいつですか？

ta.n.jo.u.bi.wa./i.tsu.de.su.ka.

你生日是幾月幾日？

B：私（わたし）の誕生日（たんじょうび）は11月（がつ）22日（にち）です

wa.ta.shi.no./ta.n.jo.u.bi.wa./ju.u.i.chi.ga.tsu./ni.ju.u.ni.ni.chi.de.su.

我的生日是11月22日

相關短句

さそり座（ざ）のB型（がた）です。

sa.so.ri.za.no./bi.ga.ta.de.su.

天蠍座B型。

私（わたし）は3月（がつ）生（う）まれです。

wa.ta.shi.wa./sa.n.ga.tus.u.ma.re.de.su.

我是3月生的。

Track 008

独身（どくしん）です

do.ku.shi.n.de.su.

單身

說明

「独身（どくしん）」是單身的意思。「結婚（けっこん）しています」或「既婚者（きこんしゃ）」則是已婚。

會話

A：結婚（けっこん）していますか？

ke.kko.n.shi.te.i.ma.su.ka.

你結婚了嗎？

B：いいえ、独身（どくしん）です。

i.i.e./do.ku.shi.n.de.su.

不，我還單身。

相關短句

結婚（けっこん）しています。

ke.kko.n.shi.te.i.ma.su.

已婚。

まだ結婚（けっこん）していません。

ma.da./ke.kko.n.shi.te./i.ma.se.n.

未婚。

Track 009

ダンスが得意(とくい)です

da.n.su.ga./to.ku.i.de.su.

擅長跳舞

説明

「～が得意(とくい)です」是擅長某事的意思。

會話

A：小学生(しょうがくせい)のときにジャズダンスを習(なら)い、ダンスが得意(とくい)です。

sho.u.ga.ku.se.i.no.to.ki.ni./ja.zu.da.n.su.o.na.ra.i./da.n.su.ga.to.ku.i.de.su.

小學時學過爵士舞，擅長跳舞。

B：すごいですね。

su.go.i.de.su.ne.

真厲害。

相關短句

世界(せかい)の民俗人形作(みんぞくにんぎょうづく)りを趣味(しゅみ)としております。

se.ka.i.no./mi.n.zo.ku.ni.n.gyo.u.zu.ku.ri.o./shu.mi.to.shi.te./o.ri.ma.su.

我的興趣是製作各種國民族人偶。

クラッシックバレーが得意(とくい)です。

ku.ra.shi.kku.ba.re.e.ga./to.ku.i.de.su.

我擅長古典芭蕾。

Track 009

日本語を勉強しています

ni.ho.n.go.o./be.n.kyo.u.shi.te.i.ma.su.

正在學習日語

説明

「～を勉強しています」是正在學習某樣東西之意。也可以説「～を習っています」。

會話

A：将来日本で働きたいので、今日本語を勉強しています。

sho.u.ra.i./ni.ho.n.de./ha.ta.ra.ki.ta.i.no.de./i.ma./ni.ho.n.go.o./be.n.kyo.u.shi.te.i.ma.su.

因為將來想到日本工作，所以正在學習日語。

B：そうなんですか？偉いですね。

so.u.na.n.de.su.ka./e.ra.i.de.su.ne.

這樣啊，真是了不起。

相關短句

3年前からピアノを習っています。

sa.n.ne.n.ma.e.ka.ra./pi.a.no.o./na.ra.tte./i.ma.su.

從3年前開始學習鋼琴。

2年間ずっと英語を勉強しています。

ni.ne.n.ka.n./zu.tto./e.i.go.o./be.n.kyo.u.shi.te./i.ma.su.

2年來一直在學習英文。

Track 010

明(あか)るい性格(せいかく)です

a.ka.ru.i./se.i.ka.ku.de.su.

個性開朗

説明

「性格(せいかく)」是個性的意思。「明(あか)るい」是開朗的意思，「くらい」則是個性灰暗。

會話

A：田中(たなか)さんはどんな性格(せいかく)ですか？

ta.na.ka.sa.n.wa./do.n.na./se.i.ka.ku.de.su.ka.

田中先生，你是怎麼樣的個性呢？

B：明(あか)るい性格(せいかく)ですが、負(ま)けず嫌(ぎら)いです。

a.ka.ru.i.se.i.ka.ku.de.su.ga./ma.ke.zu.gi.ra.i.de.su.

我的個性開朗，但是不服輸。

相關短句

私(わたし)　はさっぱりした性格(せいかく)の人(ひと)です。

wa.ta.shi.wa./sa.ppa.ri.shi.ta./se.i.ka.ku.no.hi.to.de.su.

我是很乾脆的人。

少(すこ)し頑固(がんこ)だと思(おも)います。

su.ko.shi./ga.n.ko.da.to./o.mo.i.ma.su.

有點頑固。

Track 010

教師(きょうし)になりたい

kyo.u.shi.ni./na.ri.ta.i.

希望成為老師

說明

「～になりたい」是想要「想要成為～」的意思，用於表示自己的願望。

會話

A：将来(しょうらい)何(なに)がしたいですか？

sho.u.ra.i./na.ni.ga./shi.ta.i.de.su.ka.

將來想做什麼？

B：教師(きょうし)になりたいと思(おも)っています。

kyo.u.shi.ni./na.ri.ta.i.to./o.mo.tte.i.ma.su.

希望成為老師。

相關短句

社会(しゃかい)のお役(やく)に立(た)てるような人間(にんげん)になりたいです。

sha.ka.i.no./o.ya.ku.ni./ta.te.ru.yo.u.na./ni.n.ge.n.ni./na.ri.ta.i.de.su.

希望成為對社會有貢獻的人。

父(ちち)の仕事(しごと)を継(つ)ぐつもりです。

chi.chi.no./shi.go.to.o./tsu.gu.tsu.mo.ri.de.su.

想要繼承父親的工作。

Track 011

ご紹介（しょうかい）いただけないでしょうか

go.sho.u.ka.i./i.ta.da.ke.na.i./de.sho.u.ka.

可以幫我介紹嗎

説明

「紹介（しょうかい）」是介紹的意思。「～いただけないでしょうか」則是請求別人幫忙時所用的句型。

會話

A：田中様（たなかさま）へご紹介（しょうかい）いただけないでしょうか？

ta.na.ka.sa.ma.e./go.sho.u.ka.i./i.ta.da.ke.na.i./de.sho.u.ka.

可以請您介紹田中先生給我認識嗎？

B：ええ、いいですよ。

e.e./i.i.de.su.yo.

嗯，好啊。

相關短句

田中様（たなかさま）へご紹介（しょうかい）いただければ幸（さいわ）いです。

ta.na.ka.sa.ma.e./go.sho.u.ka.i./i.ta.da.ke.re.ba./sa.i.wa.i.de.su.

如果能介紹田中先生給我認識的話就太好了。

Track 011

ご紹介(しょうかい)いたします

go.sho.u.ka.i./i.ta.shi.ma.su.

由我來介紹

説明

「ご紹介(しょうかい)いたします」是「由我來介紹」的意思，也可以説「ご紹介(しょうかい)します」。

會話

A：ご紹介(しょうかい)いたします。こちらが、田中(たなか)さんです。

go.sho.u.ka.i./i.ta.shi.ma.su./ko.chi.ra.ga./ta.na.ka.sa.n.de.su.

由我來為大家介紹，這位是田中先生。

B：田中秀雄(たなかひでお)と申(もう)します。どうぞよろしくお願(ねが)いします。

ta.na.ka.hi.de.o.to./mo.u.shi.ma.su./do.u.zo.yo.ro.shi.ku./o.ne.ga.i.shi.ma.su.

我叫田中秀雄，請多多指教。

相關短句

こちらが私(わたし)どもの営業部長(えいぎょうぶちょう)の田中(たなか)です。

ko.chi.ra.ga./wa.ta.shi.do.mo.no./e.i.gyo.u.bu.cho.u.no./ta.na.ka.de.su.

這位是我們的業務部長田中。（對客戶介紹）

Track 012

お名前（なまえ）は何（なん）ですか

o.na.ma.e.wa./na.n.de.su.ka.

你叫什麼名字

說明

「お名前（なまえ）は何（なん）ですか」也可以省略成「お名前（なまえ）は？」，用於詢問對方的名字。

會話

A：お名前（なまえ）は何（なん）ですか？

o.na.ma.e.wa./na.n.de.us.ka.

請問你叫什麼名字？

B：田中太郎（たなかたろう）です。

ta.na.ka.ta.ro.u.de.su.

我叫田中太郎。

相關短句

お名前（なまえ）はなんとおっしゃいますか？

o.na.ma.e.wa./na.n.to./o.sha.i.ma.su.ka.

請問您貴姓大名？

もう一度（いちど）お名前（なまえ）を伺（うかが）ってもよろしいでしょうか？

mo.u.i.chi.do./o.na.ma.e.o./u.ka.ga.tte.mo./yo.ro.shi.i./de.sho.u.ka.

可以再詢問一次您的大名嗎？

Track 012

おいくつですか
o.i.ku.tsu.de.su.ka.
請問你今年幾歲

說明

「いくつ」是「幾個」、「幾歲」的意思，「おいくつですか」用於詢問年紀，也可以省略成「おいくつ？」。在日本通常不會主動詢問別人的年紀，一般是等較熟識之後才會詢問。

會話

A：おいくつですか？
o.i.ku.tsu.de.su.ka.
請問你今年幾歲？

B：24歲(さい)です。
ni.ju.u.yo.n.sa.i.de.su.
24歲。

相關短句

お年(とし)を伺(うかが)ってもよろしいですか？
o.to.shi.o./u.ka.ga.tte.mo./yo.ro.shi.i./de.su.ka.
可以請問您的年紀嗎？

誕生日(たんじょうび)はいつですか？
ta.n.jo.u.bi.wa./i.tsu.de.su.ka.
生日是什麼時候呢？

Track 013

留学生ですか

りゅうがくせい

ryu.u.ga.ku.se.i.de.su.ka.

你是留學生嗎

說明

「～ですか」是詢問的句型，通常是加上名詞。

會話

A：留学生ですか？（りゅうがくせい）

ryu.u.ga.ku.se.i.de.su.ka.

你是留學生嗎？

B：いいえ、会社員です。（かいしゃいん）

i.i.e./ka.i.sha.i.n.de.su.

不，我是上班族。

相關短句

外国の方ですか？（がいこく　かた）

ga.i.ko.ku.no./ka.ta.de.su.ka.

你是外國人嗎？

台湾人ですか？（たいわんじん）

ta.i.wa.n.ji.n.de.su.ka.

你是台灣人嗎？

Track 013

どんな人(ひと)ですか

do.n.na.hi.to.de.su.ka.

是什麼樣的人

説明

「どんな」是「怎麼樣」「什麼樣」的意思。問對方是怎麼樣的人，就可以用「どんな人(ひと)ですか」。問個性的話，就説「どんな性格(せいかく)ですか」。

會話

A：木村(きむら)さんはどんな人(ひと)ですか？

ki.mu.ra.sa.n.wa./do.n.na.hi.to.de.su.ka.

木村是怎麼樣的人呢？

B：明(あか)るくて優(やさ)しい人(ひと)です。

a.ka.ru.ku.te./ya.sa.shi.i.hi.to.de.su.

開朗又溫柔的人。

相關短句

どんな性格(せいかく)ですか？

do.n.na./se.i.ka.ku.de.su.ka.

是怎麼樣的個性？

どんなキャラですか？

do.n.na./kya.ra.de.su.ka.

有什麼人格特質？

Track 014

どういう関係のお仕事ですか

do.u.i.u.ka.n.ke.i.no./o.shi.go.to./de.su.ka.

請問你是從事哪方面的工作

説明

「どういう関係のお仕事ですか」是詢問從事哪方面的工作，問工作內容則説「どんな内容なんですか」。

會話

A：どういう関係のお仕事ですか？

do.u.i.u.ka.n.ke.i.no./o.shi.go.to./de.su.ka.

請問你是從事哪方面的工作？

B：ソフト会社に勤めています。

so.fu.to.ga.i.sha.ni./tsu.to.me.te.i.ma.su.

我在軟體公司工作。

相關短句

どのようなお仕事をされているのですか？

do.no.yo.u.na./o.shi.go.to.o./sa.re.te.i.ru.no./de.su.ka.

請問您從事什麼樣的工作？

お仕事は、どんな内容なんですか？

o.shi.go.to.wa./do.n.na./na.i.yo.u.na.n.de.su.ka.

請問您的工作是怎樣的工作內容？

Track 014

ご趣味(しゅみ)は何(なん)ですか

go.shu.mi.wa./na.n.de.su.ka.

興趣是什麼

説明

「趣味(しゅみ)」是興趣的意思，詢問興趣可以用「ご趣味(しゅみ)は何(なん)ですか」。

會話

A：ご趣味(しゅみ)は何(なん)ですか？
go.shu.mi.wa./na.n.de.su.ka.
請問您的興趣是什麼？

B：ゴルフが好(す)きです。
go.ru.fu.ga./su.ki.de.su.
我喜歡打高爾夫球。

相關短句

野球(やきゅう)はお好(す)きですか？
ya.kyu.u.wa./o.su.ki.de.su.ka.
你喜歡棒球嗎？

お休(やす)みの日(ひ)はどんな事(こと)をなさいますか？
o.ya.su.mi.no.hi.wa./do.n.na./ko.to.o./na.sa.i.ma.su.ka.
假日都做些什麼呢？

Track 015

子供(こども)は何人(なんにん)いますか

ko.do.mo.wa./na.n.ni.n./i.ma.su.ka.

有幾個孩子呢

説明

「何人(なんにん)いますか」是問人數，問有幾個孩子，會説「何人(なんにん)いますか」。

會話

A：子供(こども)は何人(なんにん)いますか？

ko.do.mo.wa./na.n.ni.n.i.ma.su.ka.

有幾個孩子？

B：子供(こども)が2人(ふたり)います。男(おとこ)の子(こ)と女(おんな)の子(こ)です。

ko.do.mo.ga./fu.ta.ri.i.ma.su./o.to.ko.no.ko./to./o.n.na.no.ko.de.su.

我有兩個孩子，一男一女。

相關短句

ご家族(かぞく)は何人(なんにん)でいらっしゃいますか？

go.ka.zo.ku.wa./na.n.ni.n.de./i.ra.ssha.i.ma.su.ka.

請問您家裡有幾個人？

何人家族(なんにんかぞく)ですか？

na.n.ni.n.ka.zo.ku./de.su.ka.

家裡有幾個人？

Track 015

出身(しゅっしん)はどちらですか

shu.sshi.n.wa./do.chi.ra.de.su.ka.

請問你來自哪裡

説明

「出身(しゅっしん)」是指「出生地」、「成長的故鄉」的意思，「出身(しゅっしん)はどちらですか」則是詢問來自什麼地方的意思。

會話

A：出身(しゅっしん)はどちらですか？

shu.sshi.n.wa./do.chi.ra.de.su.ka.

請問你來自哪裡？

B：台湾(たいわん)出身(しゅっしん)です。

ta.i.wa.n.shu.sshi.n.de.su.

我來自台灣。

相關短句

どちらのご出身(しゅっしん)ですか？

do.chi.ra.no./go.shu.sshi.n.de.su.ka.

請問你來自哪裡？

私(わたし)の出身(しゅっしん)は三重(みえ)なんですが、田中(たなか)さんはどちらですか？

wa.ta.shi.no./shu.sshi.n.wa./mi.e.na.n.de.su.ga./ta.na.ka.sa.n.wa./do.chi.ra.de.su.ka.

我來自三重，那田中先生呢？

Track 016

どうぞよろしくお願(ねが)いします

do.u.zo./yo.ro.shi.ku./o.ne.ga.i.shi.ma.su.

請多多指教

説明

請人多指教或是拜託人幫忙時，會説「よろしくお願(ねが)いします」，更禮貌一點的説法是「どうぞよろしくお願(ねが)いします」。

會話

A：私(わたし)は陳太郎(ちんたろう)です。どうぞよろしくお願(ねが)いします。

wa.ta.shi.wa./chi.n.ta.ro.u.de.su./do.u.zo./yo.ro.shi.ku./o.ne.ga.i.shi.ma.su.

我叫陳太郎。請多多指教。

B：こちらこそどうぞよろしくお願(ねが)いします。

ko.chi.ra.ko.so./do.u.zo./yo.ro.shi.ku./o.ne.ga.i.shi.ma.su.

也請你多多指教。

相關短句

何卒宜(なにとぞよろ)しくお願(ねが)い申(もう)し上(あ)げます。

na.ni.to.zo./yo.ro.shi.ku./o.ne.ga.i./mo.u.shi.a.ge.ma.su.

懇請多多指教。

日常
禮儀
篇

こんにちは

ko.n.ni.chi.wa.

你好

説明

相當於中文中的「你好」。是除了早安和晚安之外，常用的打招呼用語。

會話

A：こんにちは。

ko.n.ni.chi.wa.

你好。

B：こんにちは、いい天気ですね。

ko.n.ni.chi.wa./i.i.te.n.ki.de.su.ne.

你好，今天天氣真好呢！

相關短句

こんにちは、いつもどうも。

ko.n.ni.chi.wa./i.tsu.mo./do.u.mo.

你好，平日受你照顧了。

先日はどうも。

se.n.ji.tsu.wa./do.u.mo.

前些日子謝謝你了。

Track 017

おはようございます

o.ha.yo.u./go.za.i.ma.su.

早安

説明

在早上打招呼時用「おはようございます」，和較熟的朋友可以只説「おはよう」。另外在職場上，當天第一次見面時，就算不是早上，也可以説「おはようございます」。

會話

A：課長、おはようございます。

ka.cho.u./o.ha.yo.u./go.za.i.ma.su.

課長，早安。

B：おはよう。今日も暑いね。

o.ha.yo.u./kyo.u.mo./a.tsu.i.ne.

早安。今天還是很熱呢！

相關短句

おはよう、今日もいい天気ですね。

o.ha.yo.u./kyo.u.mo.i.i.te.n.ki.de.su.ne.

早安。今天也是好天氣呢！

おはようございます、お出かけですか？

o.ha.yo.u.go.za.i.ma.su./o.de.ka.ke.de.su.ka.

早安，要出門嗎？

Track 018

こんばんは

ko.n.ba.n.wa.

晚上好

説明

晚上見面時，用「こんばんは」表示問候。

會話

A：こんばんは。

ko.n.ba.n.wa.

晚上好。

B：あら、小林（こばやし）さん。先日（せんじつ）はどうもありがとうございました。

a.ra./ko.ba.ya.shi.sa.n./se.n.ji.tsu.wa./do.u.mo.a.ri.ga.to.u./go.za.i.ma.shi.ta.

啊，小林先生。好久不見了。前些日子謝謝你的照顧。

相關短句

今日（きょう）はどうだった？

kyo.u.wa./do.u.da.tta.

今天過得如何？

こんばんは。おじゃまします。

ko.n.ba.n.wa./o.ja.ma.shi.ma.su.

（到別人家拜訪時）晚上好。打擾了。

Track 018

おやすみなさい

o.ya.su.mi.na.sa.i.

晚安

説明

晚上睡前道晚安時説「おやすみなさい」，祝福對方也有一夜好眠。和家人等較熟悉的對象，則是説「おやすみ」。

會話

A：では、おやすみなさい。明日（あした）も頑張（がんば）りましょう。

de.wa./o.ya.su.mi.na.sa./a.shi.ta.mo./ga.n.ba.ri.ma.sho.u.

那麼，晚安囉。明天再加油吧！

B：はい。おやすみなさい。

ha.i./o.ya.su.mi.na.sa.i.

好的，晚安。

相關短句

眠（ねむ）いから先（さき）に寝（ね）るわ。

ne.mu.i.ka.ra./sa.ki.ni.ne.ru.wa.

我想睡了，先去睡囉。

おやすみ。

o.ya.su.mi.

晚安。

お元気ですか

o.ge.n.ki.de.su.ka.

近來好嗎

説明

在遇到許久不見的朋友時可以用這句話來詢問對方的近況。但若是經常見面的朋友，則不會使用這句話。和較熟的朋友，則是説「元気？」。

會話

A：田口さん、久しぶりです。お元気ですか？

ta.gu.chi.sa.n./hi.sa.shi.bu.ri.de.su./o.ge.n.ki.de.su.ka.

田口先生，好久不見了。近來好嗎？

B：ええ、おかげさまで元気です。鈴木さんは？

e.e./o.ka.ge.sa.ma.de./ge.n.ki.de.su./su.zu.ki.sa.n.wa.

嗯，託你的福，我很好。鈴木先生你呢？

相關短句

ご家族は元気ですか？

go.ka.zo.ku.wa./ge.n.ki.de.su.ka.

家人都好嗎？

元気でやっていますか？

ge.n.ki.de./ya.tte.i.ma.su.ka.

最近過得好嗎？

Track 019

お久しぶりです

o.hi.sa.shi.bu.ri.de.su.

好久不見

説明

在和對方久別重逢時，見面時可以用這句打招呼，表示好久不見。

會話

A：こんにちは。お久しぶりです。

ko.n.ni.chi.wa./o.hi.sa.shi.bu.ri.de.su.

你好。好久不見。

B：あら、小林さん。お久しぶりです。お元気ですか？

a.ra./ko.ba.ya.shi.sa.n./o.hi.sa.shi.bu.ri.de.su./o.ge.n.ki.de.su.ka.

啊，小林先生。好久不見了。近來好嗎？

相關短句

ご無沙汰です。

go.bu.sa.ta.de.su.

好久沒聯絡了。

ご家族の皆様も、お変わりございませんか？

go.ka.zo.ku.no.mi.na.sa.ma.mo./o.ka.wa.ri.go.za.i.ma.se.n.ka.

您的家人都安好嗎？

Track 020

ありがとう

a.ri.ga.to.u.

謝謝

説明

向人道謝時，若對方比自己地位高，可以用「ありがとうございます」。而一般的朋友或是後輩，則是説「ありがとう」即可。

會話

A：これ、つまらない物(もの)ですが。

ko.re./tsu.ma.ra.na.i.mo.no.de.su.ga.

這個給你，一點小意思。

B：どうもわざわざありがとう。

do.u.mo./wa.za.wa.sa.a.ri.ga.to.u.

謝謝你總是這麼的用心。

相關短句

ありがとうございます。

a.ri.ga.to.u./go.za.i.ma.su.

謝謝。

どうも。

do.u.mo.

謝啦。／你好。（用於非正式場合）

Track 020

どういたしまして

do.u.i.ta.shi.ma.shi.te.

不客氣

説明

幫助別人之後，當對方道謝時，要表示自己只是舉手之勞，就用「どういたしまして」請對方別客氣。也可以只回答「いいえ」。

會話

A：ありがとうございます。

a.ri.ga.to.u./go.za.i.ma.su.

謝謝。

B：いいえ、どういたしまして。また何(なに)かありましたらいつでも連絡(れんらく)してください。

i.i.e./do.u.i.ta.shi.ma.shi.te./ma.ta./na.ni.ka./a.ri.ma.shi.ta.ra./i.tsu.de.mo./re.n.ra.ku.shi.te./ku.da.sa.i.

不，不用客氣。如果還有什麼需要，請盡管與我聯絡。

相關短句

大(たい)したことじゃない。

ta.i.shi.ta.ko.to.ja.na.i.

沒什麼大不了的。

どうぞ

do.u.so.

請

說明

這句話用在請對方用餐、自便時，希望對方不要有任何顧慮，盡管去做。

會話

A：コーヒーをどうぞ。

ko.o.hi.i.o.do.u.zo.

請喝咖啡。

B：ありがとうございます。

a.ri.ga.to.u./go.za.i.ma.su.

謝謝。

相關短句

ご遠慮（えんりょ）なく。

go.e.n.ryo.na.ku.

請不要客氣。

お好（す）きなように。

o.su.ki.na.yo.u.ni.

不必客氣。

Track 021

すみません

su.mi.ma.se.n.

不好意思／抱歉

說明

「すみません」也可說成「すいません」，這句話可說是日語會話中最常用、也最好用的一句話。無論是在表達歉意、向人開口攀談、甚至是表達謝意時，都可以用「すみません」一句話來表達自己的心意。

會話

A：今晩(こんばん)飲(の)みに行(い)きましょうか？

ko.n.ba.n.no.mi.ni./i.ki.ma.sho.u.ka.

今晚要不要去喝一杯？

B：すみません。今日(きょう)はちょっと…。

su.mi.ma.se.n./ kyo.u.wa./cho.tto.

對不起，今天有點事。

相關短句

ごめんなさい。

go.me.n.na.sa.i.

對不起。

申(もう)し訳(わけ)ございません。

mo.u.shi.wa.ke./go.za.i.ma.se.n.

深感抱歉。（較正式的道歉）

Track 022

だいじょうぶ
大丈夫です

da.i.jo.u.bu.de.su.

沒關係

説明

　　對方道歉時，表示沒有關係、沒問題，就用「大丈夫(だいじょうぶ)です」來表示。

會話

A：返事(へんじ)が遅(おく)れてすみません。

he.n.ji.ga./o.ku.re.te./su.mi.ma.se.n.

抱歉我太晚給你回音了。

B：大丈夫(だいじょうぶ)です。気(き)にしないでください。

da.i.jo.u.bu.de.su./ki.ni.shi.na.i.de./ku.da.sa.i.

沒關係，不用在意。

相關短句

かまいません。

ka.ma.i.ma.se.n.

沒關係。/ 我不在意。

気(き)にしないで。

ki.ni.shi.na.i.de.

別在意。

Track 022

行ってきます

i.tte.ki.ma.su.

我要出門了

說明

在出家門前，或是公司的同事要出門處理公務時，都會說「行ってきます」，告知自己要出門了。另外參加表演或比賽時，上場前也會說這句話。

會話

A：じゃ、行ってきます。

ja./i.tte.ki.ma.su.

那麼，我要出門了。

B：行ってらっしゃい、鍵を忘れないでね。

i.tte.ra.ssha.i./ka.gi.o.wa.su.re.na.i.de.ne.

慢走。別忘了帶鑰匙喔！

相關短句

お客さんのところに行ってきます。

o.kya.ku.sa.n.no./to.ko.ro.ni./i.tte.ki.ma.su.

我去拜訪客戶了。

そろそろだね。

so.ro.so.ro.da.ne.

差不多該走了。

Track 023

行(い)ってらっしゃい

i.tte.ra.ssha.i.

請慢走

説明

聽到對方説「行(い)ってきます」的時候，就要説「行(い)ってらっしゃい」請對方慢走。

會話

A：行(い)ってきます。

i.tte.ki.ma.su.

我要出門了。

B：行(い)ってらっしゃい。気(き)をつけてね。

i.tte.ra.ssha.i./ki.o.tsu.ke.te.ne.

請慢走。路上小心喔！

相關短句

気(き)をつけて行(い)ってらっしゃい。

ki.o.tsu.ke.te./i.tte.ra.ssha.i.

路上請小心慢走。

楽(たの)しんできてください。

ta.no.shi.n.de./ki.te./ku.da.sa.i.

祝你玩得愉快。

Track 023

ただいま

ta.da.i.ma.

我回來了

説明

「ただいま」全句是「ただいま帰(かえ)りました」。從外面回到家中或是公司時，會説這句話來告知大家自己回來了。另外，回到久違的地方，也可以説「ただいま」。

會話

A：ただいま。

ta.da.i.ma.

我回來了。

B：お帰(かえ)りなさい、今日(きょう)はどうだった？

o.ka.e.ri.na.sa.i./kyo.u.wa.do.u.da.tta.

歡迎回來。今天過得如何？

相關短句

ただいま戻(もど)りました。

ta.da.i.ma./mo.do.ri.ma.shi.ta.

我回來了。（多半用於職場）

ただいま帰(かえ)りました。

ta.da.i.ma./ka.e.ri.ma.shi.ta.

我回來了。

Track 024

お帰(かえ)り

o.ka.e.ri.

歡迎回來

説明

遇到從外面歸來的家人或朋友，表示歡迎之意時，會説「お帰(かえ)り」，順便慰問對方在外的辛勞。較禮貌的説法是「お帰(かえ)りなさい」。

會話

A：ただいま。

ta.da.i.ma.

我回來了。

B：お帰(かえ)り。今日(きょう)は遅(おそ)かったね。何(なに)かあったの？

o.ka.e.ri./kyo.u.wa.o.so.ka.tta.ne./na.ni.ka.a.tta.no.

歡迎回來。今天可真晚，發生什麼事嗎？

相關短句

お帰(かえ)りなさい。お疲(つか)れさまです。

o.ka.e.ri.na.sa.i./o.tsu.ka.re.sa.ma.de.su.

歡迎回來。辛苦了。

お帰(かえ)りなさい、雨(あめ)の中(なか)、大変(たいへん)でしたね。

o.ka.e.ri.na.sa.i./a.me.no.na.ka./ta.i.he.n.de.shi.ta.ne.

歡迎回來，下雨天出門很不方便吧？

Track 024

じゃ、また

ja./ma.ta.

下次見

説明

　　這句話使用在和較熟識的朋友道別的時候，另外在通mail或簡訊時，也可以用在最後，當作「再聯絡」的意思。也可以説「では、また」。

會話

A：あ、早(はや)く行(い)かないと。

a./ha.ya.ku.i.ka.na.i.to.

啊！我該走了。

B：じゃ、また明日(あした)。

ja./ma.ta.a.shi.ta.

那明天見。

相關短句

また後(あと)でね。

ma.ta.a.to.de.ne.

待會見。

後(のち)ほどまた電話(でんわ)します。

no.chi.ho.do./ma.ta.de.n.wa.shi.ma.su.

稍後會再打電話給你。

Track 025

失礼(しつれい)します

shi.tsu.re.i.shi.ma.su.

抱歉／打擾了／失禮了

説明

覺得抱歉，或者是可能會打擾對方時，可以用這句話來表示。另外，要離開某處，或是掛電話前，也可以用「失礼(しつれい)します」表示「不好意思，我先離開了」。

會話

A：これで失礼(しつれい)します。

ko.re.de./shi.tsu.re.i.shi.ma.su.

不好意思我先離開了。

B：はい。ご苦労様(くろうさま)でした。

ha.i./go.ku.ro.u.sa.ma.de.shi.ta.

好的，辛苦了。

相關短句

おじゃまします。

o.ja.ma.shi.ma.su.

打擾了。

ごめんください。

go.me.n.ku.da.sa.i.

不好意思，那個…／請問有人在嗎？

Track 025

お大事(だいじ)に

o.da.i.ji.ni.

請保重身體

説明

請病人多保重身體時，用這句話來表示請對方注意身體，好好養病之意。

會話

A：インフルエンザですね。2、3日(にち)は家(いえ)で休(やす)んだほうがいいです。

i.n.fu.ru.e.n.za.de.su.ne./ni.sa.n.ni.chi.wa./i.e.de.ya.su.n.da.ho.u.ga./i.i.de.su.

你得了流感。最好在家休息個2、3天。

B：はい、分(わ)かりました。

ha.i./wa.ka.ri.ma.shi.ta.

好的，我知道了。

A：では、どうぞお大事(だいじ)に。

de.wa./do.u.zo./o.da.i.ji.ni.

請保重身體。

相關短句

お大事(だいじ)に、早(はや)くよくなってくださいね。

o.ka.i.ji.ni./ha.ya.ku./yo.ku.na.tte./ku.da.sa.i.ne.

請保重，要早點好起來喔。

お疲れ様でした
o.tsu.ka.re.sa.ma.de.shi.ta.

辛苦了

說明

當工作結束後，或是遇到同事、同學時，都可以用「お疲れ様でした」來慰問對方的辛勞。至於上司慰問下屬辛勞，則可以用「ご苦労様」「ご苦労様でした」「お疲れ」「お疲れさん」。

會話

A：ただいま戻りました。
ta.da.i.ma.mo.do.ri.ma.shi.ta.
我回來了。

B：おっ、田中さん、お疲れ様でした。
o.ta.na.ka.sa.n./o.tsu.ka.re.sa.ma.de.shi.ta.
喔，田中先生，你辛苦了。

相關短句

お仕事お疲れ様でした。
o.shi.go.to./o.tsu.ka.re.sa.ma.de.shi.ta.
工作辛苦了。

お疲れ様です。お茶でもどうぞ。
o.tsu.ka.re.sa.ma.de.su./o.cha.de.mo.do.u.zo.
辛苦了。請喝點茶。

Track 026

恐れ入ります

o.so.re.i.ri.ma.su.

抱歉／不好意思

說明

這句話含有抱歉的意思，當覺得打擾對方，或怕對方正在百忙中無法抽空時，就會用這句話來表達自己實在不好意思之意。

會話

A：お休み中に恐れ入ります。

o.ya.su.mi.chu.u.ni./o.so.re.i.ri.ma.su.

不好意思，打擾你休息。

B：何ですか？

na.n.de.su.ka.

有什麼事嗎？

相關短句

ご迷惑を掛けまして恐れ入りました。

go.me.i.wa.ku.o.ka.ke.ma.shi.te./o.so.re.i.ri.ma.shi.ta.

不好意思，造成你的麻煩。

失礼しました。

shi.tsu.re.i.shi.ma.shi.ta.

很抱歉。

結構(けっこう)です

ke.kko.u.de.su.

不用了

說明

「結構(けっこう)です」是表示「不需要」，帶有「你的好意我心領了」的意思。使用這句話時，可以配合語調和表情、手勢等，讓對方了解你的意思。

會話

A：よかったら、もう少(すこ)し頼(たの)みませんか？
yo.ka.tta.ra./mo.u.su.ko.shi./ta.no.mi.ma.se.n.ka.
如果想要的話，要不要再多點一點菜呢？

B：もう結構(けっこう)です。十分(じゅうぶん)いただきました。
mo.u.ke.kko.u.de.su./ju.u.bu.n.i.ta.da.ki.ma.shi.ta.
不用了，我已經吃很多了。

相關短句

すみません。私(わたし)は結構(けっこう)です。
su.mi.ma.se.n./wa.ta.shi.wa./ke.kko.u.de.su.
不好意思，我不用了。/ 不好意思，我拒絕。

お断(ことわ)りいたします。
o.ko.to.wa.ri./i.ta.shi.ma.su.
我拒絕。

お待(ま)たせ

o.ma.ta.se.

久等了

說明

當朋友相約，其中一方較晚到時，就可以說「お待(ま)たせ」。而在比較正式的場合，比如說是面對客戶時，無論對方等待的時間長短，還是會說「お待(ま)たせしました」，來表示讓對方久等了，不好意思。

會話

A：ごめん、お待(ま)たせ。

go.me.n./o.ma.ta.se.

對不起，久等了。

B：ううん、行(い)こうか。

u.u.n./i.ko.u.ka.

不會啦！走吧。

相關短句

お待(ま)たせしました。

o.ma.ta.se.shi.ma.shi.ta.

讓你久等了。

お待(ま)たせしてすみません。

o.ma.ta.se.shi.te./su.mi.ma.se.n.

對不起讓你久等了。

おかげさまで
o.ka.ge.sa.ma.de.
託你的福

說明

當自己接受別人的恭賀時，在道謝之餘，同時也感謝對方之前的支持和幫忙，就會用「おかげさまで」來表示自己的感恩之意。

會話

A：試験（しけん）はどうだった。
shi.ke.n.wa./do.u.da.tta.
考試結果如何？

B おかげさまで合格（ごうかく）しました。
o.ka.ge.sa.ma.de./go.u.ka.ku.shi.ma.shi.ta.
託你的福，我通過了。

相關短句

あなたのおかげです。
a.na.ta.no.o.ka.ge.de.su.
託你的福。

先生（せんせい）のおかげで合格（ごうかく）しました。
se.n.se.i.no.o.ka.ge.de./go.u.ka.ku.shi.ma.shi.ta.
託老師的福，我通過了。

購物
篇

Track 029

これは何(なん)ですか

ko.re.wa./na.n.de.su.ka.

這是什麼呢

説明

「～は何(なん)ですか」是用於詢問「～是什麼東西」。

會話

A：これは何(なん)ですか？

ko.re.wa./na.n.de.su.ka.

這是什麼呢？

B：これは小銭入(こぜにい)れです。

ko.re.wa./ko.ze.ni.i.re.de.su.

這是零錢包。

相關短句

この素材(そざい)は何(なん)ですか？

ko.no.so.za.i.wa./na.n.de.su.ka.

這是什麼材質？

これは何(なん)で出来(でき)ていますか？

ko.re.wa./na.n.de./de.ki.te.i.ma.su.ka.

這是什麼做的？

Track 029

これはいくらですか

ko.re.wa./i.ku.ra.de.su.ka.

這個多少錢

説明

詢問價錢時，可以用「いくらですか」來表示。問全部多少錢則説「全部(ぜんぶ)でいくらですか」。

會話

A：これはいくらですか？

ko.re.wa./i.ku.ra.de.su.ka.

請問這個多少錢？

B：税込(ぜいこみ)で2万(まん)5千円(せんえん)です。

ze.i.ko.mi.de./ni.ma.n.go.se.n.e.n.de.su.

含税2萬5千日圓。

相關短句

ひとついくらですか？

hi.to.tsu./i.ku.ra.de.su.ka.

1個多少錢？

全部(ぜんぶ)でいくらですか？

ze.n.bu.de./i.ku.ra.de.su.ka.

全部多少錢？

Track 030

安(やす)くしてもらえませんか

ya.su.ku.shi.te./mo.ra.e.ma.se.n.ka.

可以算便宜一點嗎

説明

「安(やす)い」是便宜，「高(たか)い」則是貴。「～してもらえませんか」則是用來表示要求、請求的句型。

會話

A：安(やす)くしてもらえませんか？

ya.su.ku.shi.te./mo.ra.e.ma.se.n.ka.

可以算便宜一點嗎？

B：いや、あの…それはちょっと…。

i.ya./a.no./so.re.wa./cho.tto.

呃，這個…有一點困難。

相關短句

まとめて買(か)えば安(やす)くなりますか？

ma.to.me.te./ka.e.ba./ya.su.ku./na.ri.ma.su.ka.

一次買多個的話，可以算便宜一點嗎？

割引(わりびき)はありますか？

wa.ri.bi.ki.wa./a.ri.ma.su.ka.

有折扣嗎？

Track 030

カードで支払（しはら）いたいのですが

ka.e.do.de./shi.ha.ra.i.ta.i.no.de.su.ga.

可以刷卡嗎

說明

「カード」是信用卡的意思，「～で支払（しはら）いたい」則是表示想要用的付款方式。

會話

A：カードで支払（しはら）いたいのですが。

ka.e.do.de./shi.ha.ra.i.ta.i.no.de.su.ga.

可以刷卡嗎？

B：はい、かしこまりました。

ha.i./ka.shi.ko.ma.ri.ma.shi.ta.

好的，沒問題。

相關短句

一括払（いっかつばら）いでお願（ねが）いします。

i.kka.tsu.ba.ra.i.de./o.ne.ga.i.shi.ma.su.

（刷卡）一次付清。

ドルは使（つか）えますか？

do.ru.wa./tsu.ka.e.ma.su.ka.

可以用美金嗎？

Track 031

領収書ください

ryo.u.shu.u.sho./ku.da.sa.i.

請給我收據

說明

「～ください」是請對方給東西。「領収書」則是收據的意思。

會話

A：領収書ください。

ryo.u.shu.u.sho./ku.da.sa.i.

請給我收據。

B：かしこまりました。少々お待ちください。

ka.shi.ko.ma.ri.ma.shi.ta./sho.u.sho.u./o.ma.chi.ku.da.sa.i.

好的，請稍候。

相關短句

保証書をもらえますか？

ho.sho.u.sho.o./mo.ra.e.ma.su.ka.

可以給我保證書嗎？

領収書をもらえますか？

ryo.u.shu.u.sho.o./mo.ra.e.ma.su.ka.

可以給我收據嗎？

Track 031

あれを見(み)せてください

a.re.o./mi.se.te.ku.da.sa.i.

請給我看那個

說明

「見(み)せてください」是要求「給我看」的意思。

會話

A：あれを見(み)せてください。

a.re.o./mi.se.te.ku.da.sa.i.

（指著商品）請給我看那個。

B：はい、どうぞ。

ha.i./do.u.zo.

好的，請。

相關短句

他(ほか)のものを見(み)せてください。

ho.ka.no.mo.no.o./mi.se.te./ku.da.sa.i.

請拿其他的東西給我看。

料金表(りょうきんひょう)を見(み)せてください。

ryo.u.ki.n.hyo.u.o./mi.se.te.ku.da.sa.i.

請拿價目表給我看。

これください
ko.re.ku.da.sa.i.

請給我這個

説明

「～ください」是表示「給我～」的意思。「これ」則是「這個」的意思，「それ」「あれ」則為「那個」。

會話

A：これください。
ko.re.ku.da.sa.i.
請給我這個。

B：かしこまりました。少々(しょうしょう)お待(ま)ちください。
ka.shi.ko.ma.ri.ma.shi.ta./sho.u.sho.u./o.ma.chi./ku.da.sa.i.
好的，請稍等。

相關短句

あれと同(おな)じものが欲(ほ)しいです。
a.re.to./o.na.ji.mo.no.ga./ho.shi.i.de.su.
我想要和那個一樣的。

それにします。
so.re.ni.shi.ma.su.
我要那個。

Track 032

カバンがほしいんですけど

ka.ba.n.ga./ho.shi.n.de.su.ke.do.

我想要買包包

説明

表示想要買的東西時，用「～がほしい」的句型。也可以説「～を探(さが)しています」。

會話

Ａ：いらっしゃいませ。

i.ra.ssha.i.ma.se.

歡迎光臨。

Ｂ：通勤(つうきん)で使(つか)うカバンが欲(ほ)しいんですけど、おすすめはありますか？

tsu.u.ki.n.de./tsu.ka.u./ka.ba.n.ga./ho.shi.i.n.de.su.ke.do./o.su.su.me.wa./a.ri.ma.su.ka.

我想找上班用的包包，有推薦的商品嗎？

相關短句

レザーの財布(さいふ)を探(さが)しています。

re.za.a.no.sa.fu.o./sa.ga.shi.te./i.ma.su.

我想買皮製的錢包。

ランニング用(よう)の靴(くつ)はありますか？

ra.n.ni.n.gu.yo.u.no./ku.tsu.wa./a.ri.ma.su.ka.

有慢跑鞋嗎？

Track 033

プレゼントです

pu.re.ze.n.to.de.su.

是要送人的

説明

購物時，想請店包將商品加以包裝，好拿來送人時，可以在結帳的時候，跟店員説「プレゼントです」，表示這是要送人的禮物。

會話

A：プレゼントです。贈(おく)り物用(ものよう)に包(つつ)んでもらえますか？

pu.re.ze.n.to.de.su./o.ku.ri.mo.no.yo.u.ni./tsu.tsu.n.de./mo.ra.e.ma.su.ka.

這是要送人的，可以幫我包裝嗎？

B：かしこまりました。

ka.shi.ko.ma.ri.ma.shi.ta.

了解。

相關短句

ギフト包装(ほうそう)してもらえますか？

gi.fu.to./ho.u.so.u.shi.te./mo.ra.e.ma.su.ka.

可以幫我做禮品包裝嗎？

郵送用(ゆうそうよう)に梱包(こんぽう)してください。

yu.u.so.u.yo.u.ni./ko.n.po.u.shi.te./ku.da.sa.i.

請幫我包成方便郵寄的包裹。

Track 033

ご自宅用ですか

go.ji.ta.ku.yo.u.de.su.ka.

是自己用嗎

説明

購物時，店員會用「ご自宅用ですか」詢問購買的商品是自家用還是送人的，如果是自己用的話，就是「自宅用です」。

會話

A：こちらの商品はご自宅用ですか？

ko.chi.ra.no./sho.u.hi.n.wa./go.ji.ta.ku.yo.u.de.su.ka.

這個商品是您要自用的嗎？

B：いいえ、プレゼントです。

i.i.e./pu.re.ze.n.to.de.su.

不，是要送人的。

相關短句

プレゼント用にお包みしましょうか？

pu.re.ze.n.to.yo.u.ni./o.tsu.tsu.mi./shi.ma.sho.u.ka.

要做禮品包裝嗎？

紙袋とビニール袋とどちらにされますか？

ka.mi.bu.ku.ro.to./bi.ni.i.ru.bu.ku.ro.to./do.chi.ra.ni./sa.re.ma.su.ka.

要裝紙袋還是塑膠袋？

Track 034

別々に包んでもらえますか

be.tsu.be.tsu.ni./tsu.tsu.n.de./mo.ra.e.ma.su.ka.

可以分開裝嗎

説明

「別々に」是「分別」「個別」的意思,「別々に包んでもらえますか」是請對方將商品分開包裝。

會話

A：これを 10 個ください。別々に包んでもらえますか？

ko.re.o./ji.kko.ku.da.sa.i./be.tsu.be.tsu.ni./tsu.tsu.n.de./mo.ra.e.ma.su.ka.

我要買 10 個這個。可以幫我分開包嗎？

B：かしこまりました。少々お待ちください。

ka.shi.ko.ma.ri.ma.shi.ta./sho.sho.u./o.ma.chi.ku.da.sa.i.

好的，請稍等。

相關短句

一緒に包んでください。

i.ssho.ni./tsu.tsu.n.de./ku.da.sa.i.

請裝在一起。

Track 034

靴売り場はどこですか

ku.tsu.u.ri.ba.wa./do.ko.de.su.ka.

鞋子賣場在哪裡

說明

「売り場」是賣場的意思，「靴売り場」即是鞋子的賣場。「～はどこですか」則是詢問場所和地點常用的問句型式。

會話

A：すみません。靴売り場はどこですか？

su.mi.ma.se.n./ku.tsu.u.ri.ba.wa./do.ko.de.su.ka.

不好意思，請問鞋子賣場在哪裡？

B：靴売り場は5階にあります。

ku.tsu.u.ri.ba.wa./go.ka.i.ni./a.ri.ma.su.

鞋子的賣場在5樓。

相關短句

靴下を売っているところを探しています。

ku.tsu.shi.ta.o./u.tte.i.ru.to.ko.ro.o./sa.ga.shi.te.i.ma.su.

我想找賣襪子的店。

どこか、お土産が買える店はありませんか？

do.ko.ka./o.mi.ya.ge.ga./ka.e.ru.mi.se.wa./a.ri.ma.se.n.ka.

有賣名產的店嗎？

Track 035

何時まで開いていますか

na.n.ji.ma.de./a.i.te.i.ma.su.ka.

開到幾點

説明

「何時まで」是詢問「到幾點」。「何時まで開いていますか」是用來詢問店開到幾點，也可以説「何時まで営業していますか」。

會話

A：ここは何時まで開いていますか？

ko.ko.wa./na.n.ji.ma.de./a.i.te.i.ma.su.ka.

這裡開到幾點？

B：営業時間は10時までです。

e.i.gyo.u.ji.ka.n.wa./ju.u.ji.ma.de.de.su.

營業時間到10點。

相關短句

お店は何時から何時までやっていますか？

o.mi.se.wa./na.n.ji.ka.ra./na.n.ji.ma.de./ya.tte.i.ma.su.ka.

貴店從幾點營業到幾點？

定休日は何曜日ですか？

te.i.kyu.u.bi.wa./na.n.yo.u.bi.de.su.ka.

公休日是星期幾？

ちょっと見ているだけです

cho.tto./mi.te.i.ru./da.ke.de.su.

只是看看

説明

逛街時，遇店員詢問需求，如果沒有特別想買什麼，只是隨便逛逛看看，就可以說「ちょっと見ているだけです」。

會話

A：いらっしゃいませ。何かお探しですか？

i.ra.ssha.i.ma.se./na.ni.ka./o.sa.ga.shi.de.su.ka.

歡迎光臨，在找什麼樣的商品嗎？

B：いや、ちょっと見ているだけです。

i.ya./cho.tto./mi.te.i.ru.da.ke.de.su.

不，我只是看看。

相關短句

もう少しほかも見てみます。

mo.u.su.ko.shi./ho.ka.mo./mi.te.mi.ma.su.

我再看看別的。

また来ます。

ma.ta./ki.ma.su.

我會再來。

ほかにありませんか

ho.ka.ni./a.ri.ma.se.n.ka.

還有其他的嗎

説明

購物時，如果不滿意看到的商品，想問店員還有沒有其他商品，即可以用「ほかにありませんか」表示詢問。

會話

A：これはちょっと大(おお)きいですね。ほかにありませんか？

ko.re.wa./cho.tto./o.o.ki.i.de.su.ne./ho.ka.ni./a.ri.ma.se.n.ka.

這個有點太大了。還有別的嗎？

B：こちらの商品(しょうひん)はいかがですか？

ko.chi.ra.no./sho.u.hi.n.wa./i.ka.ga.de.su.ka.

這邊的商品您覺得怎麼樣？

相關短句

もっと安(やす)いのを見(み)せてください。

mo.tto./ya.su.i.no.o./mi.se.te./ku.da.sa.i.

請給我看便宜一點的。

他(ほか)の色(いろ)のものはありますか？

ho.ka.no./i.ro.no.mo.no.wa./a.ri.ma.su.ka.

有其他顏色的嗎？

どれが一番(いちばん)いいですか

do.re.ga./i.chi.ba.n./i.i.de.su.ka.

哪個最好

説明

「どれ」是「哪個」的意思。「一番(いちばん)」是「最」「第一」的意思。

會話

A：どれが一番(いちばん)いいですか？

do.re.ga./i.chi.ba.n./i.i.de.su.ka.

哪個是最好的？

B：そうですね。こちらの商品(しょうひん)は人気(にんき)があります。

so.u.de.su.ne./ko.chi.ra.no./sho.u.hi.n.wa./ni.n.ki.ga./a.ri.ma.su.

這個嘛，這邊的商品很受歡迎。

相關短句

どっちが私(わたし)に似合(にあ)いますか？

do.cchi.ga./wa.ta.shi.ni./ni.a.i.ma.su.ka.

哪個比較適合我？

最新(さいしん)モデルはどれですか？

sa.i.shi.n./mo.de.ru.wa./do.re.de.su.ka.

最新型的是哪一個？

Track 037

台湾(たいわん)に送(おく)ってくれますか

ta.i.wa.n.ni./o.ku.tte./ku.re.ma.su.ka.

可以送到台灣嗎

說明

買東西時要問是否可郵寄至台灣，即可用「台湾(たいわん)に送(おく)ってくれますか」詢問。

會話

A：これを台湾(たいわん)に送(おく)ってくれますか？

ko.re.o./ta.i.wa.n.ni./o.ku.tte./ku.re.ma.su.ka.

這個可以送到台灣嗎？

B：はい、承(うけたまわ)ります。

ha.i./u.ke.ta.ma.wa.ri.ma.su.

可以，我們可以辦理。

相關短句

ホテルまで配達(はいたつ)してもらえますか？

ho.te.ru.ma.de./ha.i.ta.tsu.shi.te./mo.ra.e.ma.su.ka.

可以幫我送到飯店嗎？

明日(あした)まで取(と)り置(お)きしてもらえますか？

a.shi.ta.ma.de./to.ri.o.ki.shi.te./mo.ra.e.ma.su.ka.

可以幫我保留到明天嗎？

Track 037

取り寄せてもらえますか

to.ri.yo.se.te./mo.ra.e.ma.su.ka.

可以幫我調貨嗎

説明

「取り寄せ」是調貨的意思。「～てもらえますか」是表示要求、請求。

會話

A：白いのを取り寄せてもらえますか？

shi.ro.i.no.o./to.ri.yo.se.te./mo.ra.e.ma.su.ka.

可以幫我調白色嗎？

B：かしこまりました。ただいま在庫をお調べします。

ka.shi.ko.ma.ri.ma.shi.ta./ta.da.i.ma./za.i.ko.o./o.shi.ra.be./shi.ma.su.

好的，現在為你調查庫存。

相關短句

取り置きしておいてもらえますか？

to.ri.o.ki./shi.te.o.i.te./mo.ra.e.ma.su.ka.

可以幫我保留嗎？

入荷したら台湾に送ってもらえますか？

nyu.u.ka.shi.ta.ra./ta.i.wa.n.ni./o.ku.tte./mo.ra.e.ma.su.ka.

進貨後可以寄到台灣嗎？

Track 038

持って帰ります

mo.tte./ka.e.ri.ma.su.

外帶

説明

外帶是「持って帰ります」，也可以説「持ち帰り」。

會話

A：店内でお召し上がりですか？

te.n.na.i.de./o.me.shi.a.ga.ri.de.su.ka.

內用嗎？

B：いいえ、持って帰ります。

i.i.e./mo.tte./ka.e.ri.ma.su.

不，我要外帶。

相關短句

持ち帰りです。

mo.chi.ka.e.ri.de.su.

外帶。

ここで食べます。

ko.ko.de./ta.be.ma.su.

內用。

Track 038

試着(しちゃく)してもいいですか

shi.cha.ku.shi.te.mo./i.i.de.su.ka.

可以試穿嗎

説明

「試着(しちゃく)」是試穿的意思，「試食(ししょく)」則是試吃；「～てもいいですか」用於詢問可不可以做某件事。

會話

Ａ：すみません。これを試着(しちゃく)してもいいですか？

su.mi.ma.se.n./ko.re.o./shi.cha.ku.shi.te.mo./i.i.de.su.ka.

請問，這個可以試穿嗎？

Ｂ：はい。こちらへどうぞ。

ha.i./ko.chi.ra.e./do.u.zo.

可以，這邊請。

相關短句

一回(ひとまわ)り大(おお)きいサイズを試(ため)してみます。

hi.to.ma.wa.ri./o.o.ki.i.sa.i.zu.o./ta.me.shi.te./mi.ma.su.

我試試大一號。

もう一度試着(いちどしちゃく)していいですか？

mo.u.i.chi.do./shi.cha.ku./shi.te./i.i.de.su.ka.

可以再試穿一次嗎？

Track 039

交換(こうかん)してもらえますか

ko.u.ka.n.shi.te./mo.ra.e.ma.su.ka.

可以換嗎

説明

「交換(こうかん)」是換貨，「返品(へんぴん)」則是退貨。

會話

A：すみません。間違(まちが)って購入(こうにゅう)してしまったので、交換(こうかん)してもらえますか？

su.mi.ma.se.n./ma.chi.ga.tte./ko.u.nyu.u.shi.te./shi.ma.tta.no.de./ko.u.ka.n.shi.te./mo.ra.e.ma.su.ka.

不好意思，我買錯了，可以換嗎？

B：かしこまりました。レシートをお持(も)ちでしょうか？

ka.shi.ko.ma.ri.ma.shi.ta./re.shi.i.to.o./o.mo.chi.de.sho.u.ka.

好的。請問有收據嗎？

相關短句

返品(へんぴん)したいのですが。

he.n.pi.n.shi.ta.i.no./de.su.ga.

我想退貨。

交換(こうかん)するか返金(へんきん)してください。

ko.u.ka.n.su.ru.ka./he.n.ki.n.shi.te./ku.da.sa.i.

我想換貨或退貨。

Track 039

それはどこで買(か)えますか

so.re.wa./do.ko.de./ka.e.ma.su.ka.

那在哪裡買得到

説明

對別人的東西很感興趣，想問對方是在哪裡買的，就用「それはどこで買(か)えますか」表示詢問。「どこで買(か)えますか」是表示「哪裡買得到」。

會話

A：それはどこで買(か)えますか？

so.re.wa./do.ko.de./ka.e.ma.su.ka.

那在哪裡買得到？

B：駅前(えきまえ)のスーパーに売(う)っています。

e.ki.ma.e.no./su.su.pa.a.ni./u.tte./i.ma.su.

車站前的超市有賣。

相關短句

服(ふく)を買(か)うなら、どの店(みせ)がお薦(すす)めですか？

fu.ku.o./ka.u.na.ra./do.no.mi.se.ga./o.su.su.me.de.su.ka.

買衣服的話，你推薦哪家店呢？

一番有名(いちばんゆうめい)な電気屋(でんきや)さんはどこにありますか？

i.chi.ba.n./yu.u.me.i.na./de.n.ki.ya.sa.n.wa./do.ko.ni./a.ri.ma.su.ka.

最有名的電器行在哪裡呢？

丈を直していただけますか

ta.ke.o./na.o.shi.te./i.ta.da.ke.ma.su.ka.

可以改長度嗎

説明

「丈直し」是修改長度的意思。「～ていただけますか」是請對方做某件事時所使用的句型。

會話

A：丈を直していただけますか？
ta.ke.o./na.o.shi.te./i.ta.da.ke.ma.su.ka.
可以改長度嗎？

B：かしこまりました。このくらいでいかがでしょうか？
ka.shi.ko.ma.ri.ma.shi.ta./ko.no.ku.ra.i.de./i.ka.ga.de.sho.u.ka.
好的，這個長度怎麼樣？

相關短句

裾をあげてもらえますか？
su.so.o./a.ge.te./mo.ra.e.ma.su.ka.
可以把褲管改短嗎？

ウェスト部分をゆるくしてもらえますか？
we.su.to.bu.bu.n.o./yu.ru.ku./shi.te./mo.ra.e.ma.su.ka.
可以把腰圍改大嗎？

Track 040

計算(けいさん)が間違(まちが)っていませんか

ke.i.sa.n.ga./ma.chi.ga.tte./i.ma.se.n.ka.

你好像算錯錢了

説明

結帳時覺得金額有問題時，用「計算(けいさん)が間違(まちが)っていませんか」表示金額有誤。

會話

A：計算(けいさん)が間違(まちが)っていませんか？

ke.i.sa.n.ga./ma.chi.ga.tte./i.ma.se.n.ka.

好像算錯了。/ 沒算錯嗎？

B：レジの金額(きんがく)を打(う)ち間違(まちが)えてしまいました。申(もう)し訳(わけ)ございません。

re.ji.no./ki.n.ga.kku.o./u.chi.ma.chi.ga.e.te./shi.ma.i.ma.shi.ta./mo.u.shi.wa.ke.go.za.i.ma.se.n.

收銀機的金額打錯了，很抱歉。

相關短句

お釣(つ)りが間違(まちが)っています。

o./tsu.ri.ga./ma.chi.ga.tte.i.ma.su.

找錯錢了。

まだお釣(つ)りをもらっていないのですが。

ma.da./o.tsu.ri.o./mo.ra.tte.i.na.i.no.de.su.ga.

你還沒找我錢。

Track 041

免税の手続きを教えてください

me.n.ze.i.no./te.tsu.zu.ki.o./o.shi.e.te./ku.da.sa.i.

請告訴我如何辦理退稅

説明

退稅手續叫做「免税の手続き」，請對方教自己做某件事時，則用「～を教えてください」。

會話

A：免税の手続きを教えてください。
me.n.ze.i.no./te.tsu.zu.ki.o./o.shi.e.te./ku.da.sa.i.
請告訴我如何辦理退稅。

B：はい、レシートをお持ちでしょうか？
ha.i./re.shi.i.to.o./o.mo.chi.de.sho.u.ka.
好的，請問有收據嗎？

相關短句

どうすれば免税にすることができますか？
do.u.su.re.ba./me.n.ze.i.ni./su.ru.ko.to.ga./de.ki.ma.su.ka.
要怎麼樣才能退稅呢？

免税カウンターはどこですか？
me.n.ze.i.ka.u.n.ta.a.wa./do.ko.de.su.ka.
請問退稅櫃台在哪裡？

旅遊
篇

Track 042

ダブルを1部屋予約したいのですが

da.bu.ru.o./hi.to.he.ya./yo.ya.ku.shi.ta.i.no.

de.su.ga.

我要訂一間有雙人床的房間

説明

向飯店訂房時，用「予約したいのですが」表達想要預約的意思。而房型則有，雙人房（一張大床）「ダブル」、雙人房（兩張床）「ツイン」和單人房「シングル」。

會話

A：ダブルを1部屋予約したいのですが。

da.bu.ru.o./hi.to.he.ya./yo.ya.ku.shi.ta.i.no.de.su.ga.

我要訂一間有雙人床的房間

B：かしこまりました。ただいま空室をお調べいたします。

ka.shi.ko.ma.ri.ma.shi.ta./ta.da.i.ma./ku.u.shi.tsu.o./o.shi.ra.be./i.ta.shi.ma.su.

好的，現在為您調查是否有空房。

Track 042

静かな部屋にしてください

shi.zu.ka.na./he.ya.ni./shi.te.ku.da.sa.i.

請給我安靜的房間

説明

訂房時，向飯店要求房間的特殊需求時，可以用「～部屋にしてください」。

會話

A：静かな部屋にしてください。

shi.zu.ka.na./he.ya.ni./shi.te.ku.da.sa.i.

請給我安靜的房間。

B：かしこまりました。

ka.shi.ko.ma.ri.ma.shi.ta.

好的。

相關短句

景色のいいところに泊まりたいのですが。

ke.shi.ki.no./i.i.to.ko.ro.ni./to.ma.ri.ta.i.no.de.su.ga.

我想要住風景好的地方。

禁煙室をお願いします。

ki.n.e.shi.tsu.o./o.ne.ga.i.shi.ma.su.

請給我禁菸的房間。

Track 043

キャンセルはできますか

kya.n.se.ru.wa./de.ki.ma.su.ka.

可以取消嗎

說明

「キャンセル」是取消的意思。如果想要取消的話，則用「キャンセルはできますか」。

會話

A：キャンセルはできますか？

kya.n.se.ru.wa./de.ki.ma.su.ka.

可以取消嗎？

B：はい、2週間以上前(しゅうかんいじょうまえ)にキャンセルすればキャンセル料(りょう)はかかりません。

ha.i./ni.shu.u.ka.n.i.jo.u.ma.e.ni./kya.n.se.ru.su.re.ba./kya.n.se.ru.ryo.u.wa./ka.ka.ri.ma.se.n.

可以的。如果是2週以前的話，則不需付取消的手續費。

相關短句

宿泊日(しゅくはくび)の変更(へんこう)をしたいのですが。

shu.ku.ha.ku.bi.no./he.n.ko.u.o./shi.ta.i.no.de.su.ga.

我想更改住房日期。

ホテルの予約(よやく)をキャンセルしたいのですが。

ho.te.ru.no./yo.ya.ku.o./kya.n.se.ru.shi.ta.i.no.de.su.ga.

我想取消訂房。

Track 043

陳太郎(ちんたろう)の名前(なまえ)で予約(よやく)をしてあります

chi.n.ta.ro.u.no./na.ma.e.de./yo.ya.ku.o./shi.te.a.ri.ma.su.

我用陳太郎的名字預約了

説明

入住的時候，要向櫃檯表明預約的人名，可以用「～で予約(よやく)をしてあります」表示。

會話

A：陳太郎(ちんたろう)の名前(なまえ)で予約(よやく)をしてあります。

chi.n.ta.ro.u.no./na.ma.e.de./yo.ya.ku.o./shi.te.a.ri.ma.su.

我用陳太郎的名字預約了。

B：かしこまりました。パスポートを拝見(はいけん)してよろしいですか？

ka.shi.ko.ma.ri.ma.shi.ta./pa.su.po.o.to.o./ha.i.ke.n.shi.te./yo.ro.shi.i.de.su.ka.

好的，可以讓我看一下護照嗎？

相關短句

インターネットで予約(よやく)しました。

i.n.ta.a.ne.tto.de./yo.ya.ku.shi.ma.shi.ta.

我在網路預約的。

Track 044

チェックアウトは何時(なんじ)ですか

che.kku.a.u.to.wa./na.n.ji.de.su.ka.

退房是幾點

說明

「チェックイン」是入住，「チェックアウト」是退房的意思。

會話

A：チェックアウトは何時(なんじ)ですか？

che.kku.a.u.to.wa./na.n.ji.de.su.ka.

退房是幾點？

B：午前(ごぜん)11時(じ)までです。

go.ze.n./ju.u.i.chi.ji./ma.de.de.su.

早上11點之前。

相關短句

チェックアウトを遅(おく)らせることはできますか？

che.kku.a.u.to.o./o.ku.ra.se.ru.ko.to.wa./de.ki.ma.su.ka.

可以延後退房嗎？

チェックアウトをお願(ねが)いします。

che.kku.a.u.to.o./o.ne.ga.i.shi.ma.su.

我要退房。

Track 044

タオルは追加(ついか)でもらえますか

ta.o.ru.wa./tsu.i.ka.de./mo.ra.e.ma.su.ka.

可以多要毛巾嗎

説明

在客房內如果需要什麼物品的話，可以用「～をもらえますか」或「～ください」來表示。而「追加(ついか)」則是多要的意思。

會話

A：フロントです。

fu.ro.n.to.de.su.

這裡是櫃檯。

B：すみません。タオルは追加(ついか)でもらえますか？

su.mi.ma.se.n./ta.o.ru.wa./tsu.i.ka.de./mo.ra.e.ma.su.ka.

不好意思，我可以多要毛巾嗎？

相關短句

このハガキを出(だ)しておいてください。

ko.no.ha.ga.ki.o./da.shi.te./o.i.te./ku.da.sa.i.

幫我寄這張明信片。

シーツを替(か)えてもらえますか？

shi.i.tsu.o./ka.e.te./mo.ra.e.ma.su.ka.

可以換床單嗎？

Track 045

台湾(たいわん)ドルを日本円(にほんえん)に両替(りょうがえ)してください

ta.i.wa.n.do.ru.o./ni.ho.n.e.n.ni./ryo.u.ga.e.shi.te./ku.da.sa.i.

請幫我把台幣換成日圓

説明

換外幣時，是用「AをBに両替(りょうがえ)してください」的句型。其中A是持有的貨幣，B則是想要換成的貨幣。

會話

A：台湾(たいわん)ドルを日本円(にほんえん)に両替(りょうがえ)してください。

ta.i.wa.n.do.ru.o./ni.ho.n.e.n.ni./ryo.u.ga.e.shi.te./ku.da.sa.i.

請幫我把台幣換成日圓。

B：どのように換(か)えますか？

do.no.yo.u.ni./ka.e.ma.su.ka.

（鈔票面額等）要怎麼換呢？

相關短句

ここで外貨(がいか)を両替(りょうがえ)できますか？

ko.ko.de./ga.i.ka.o./ryo.u.ga.e./de.ki.ma.su.ka.

這裡可以換外幣嗎？

Track 045

この便(びん)は予定通(よていどお)りに出発(しゅっぱつ)しますか

ko.no.bi.n.wa./yo.te.i.do.o.ri.ni./shu.ppa.tsu.

shi.ma.su.ka.

這班飛機準時出發嗎

説明

準時是「予定通(よていどお)り」，起飛、出發則是「出発(しゅっぱつ)します」。

會話

A：この便(びん)は予定通(よていどお)りに出発(しゅっぱつ)しますか？

ko.no.bi.n.wa./yo.te.i.do.o.ri.ni./shu.ppa.tsu./shi.ma.su.ka.

這班飛機準時出發嗎？

B：はい、予定通(よていどお)り6時(じ)に出発(しゅっぱつ)します。

ha.i./yo.te.i.do.o.ri./ro.ku.ji.ni./shu.ppa.tsu.shi.ma.su.

是的，準時6點出發。

相關短句

どれくらい遅(おく)れているのですか？

do.re.ku.ra.i./o.ku.re.te./i.ru.no./de.su.ka.

大約誤點多久呢？

Track 046

預ける(あず)バッグは1(ひと)つあります
a.zu.ke.ru.ba.ggu.wa./hi.to.tsu.a.ri.ma.su.

有1個行李要托運

説明

「預ける(あず)」有託運、寄放的意思，所以除了搭機時可以用這個字表示託運行李外，在飯店也可以用這個單字寄放行李。

會話

A：預ける(あず)バッグは1(ひと)つあります。
a.zu.ke.ru.ba.ggu.wa./hi.to.tsu.a.ri.ma.su.
有1個行李要托運。

B：かしこまりました。
ka.shi.ko.ma.ri.ma.shi.ta.
好的。

相關短句

預ける(あず)荷物(にもつ)はありません。
a.zu.ke.ru./ni.mo.tsu.wa./a.ri.ma.se.n.
沒有行李要托運。

これは機内(きない)に持(も)ち込(こ)みます。
ko.re.wa./ki.na.i.ni./mo.chi.ko.mi.ma.su.
這個要帶到飛機上。

Track 046

席を変えていただけますか

se.ki.o./ka.e.te./i.ta.da.ke.ma.su.ka.

可以換位子嗎

説明

在飛機上想換位子時，可以向服務人員説「席を変えていただけますか」。

會話

A：席を変えていただけますか？

se.ki.o./ka.e.te./i.ta.da.ke.ma.su.ka.

可以換位子嗎？

B：すみません。今日は満席ですから席が空いていないのです。

su.mi.ma.se.n./kyo.u.wa./ma.n.se.ki.de.su.ka.ra./se.ki.ga./a.i.te.i.na.i.no.de.su.

不好意思，因為今天客滿，所以沒有空的位子。

相關短句

後ろに空きがあるようですけど、そっちに移ってもいいですか？

u.shi.ro.ni./a.ki.ga.a.ru.yo.u.de.su.ke.do./so.cchi.ni./u.tsu.tte.mo./i.i.de.su.ka.

我看後面還有空位，可以換到那裡坐嗎？

Track 047

この辺(あた)りの観光(かんこう)スポットを教(おし)えてください

ko.no./a.ta.ri.no./ka.n.ko.u.su.po.tto.o./o.shi.e.te./ku.da.sa.i.

請告訴我附近的觀光景點

說明

觀光景點是「観光(かんこう)スポット」。向別人請教的時候，是用「～を教(おし)えてください」的句型。

會話

A：この辺(あた)りの観光(かんこう)スポットを教(おし)えてください。

ko.no./a.ta.ri.no./ka.n.ko.u.su.po.tto.o./o.shi.e.te./ku.da.sa.i.

請告訴我附近的觀光景點。

B：はい、こちらの観光(かんこう)マップをご覧(らん)ください。えっと…

ha.i./ko.chi.ra.no./ka.n.ko.u.ma.ppu.o./go.ra.n.ku.da.sa.i./e.tto.

好的，請看這張觀光地圖。嗯…

相關短句

お勧(すす)めのイベントはありますか？

o.su.su.me.no./i.be.n.to.wa./a.ri.ma.su.ka.

有什麼推薦的活動嗎？

中国語(ちゅうごくご)が話(はな)せる観光(かんこう)ガイドはいますか

chu.u.go.ku.go.ga./ha.na.se.ru./ka.n.ko.u.ga.

i.do.wa./i.ma.su.ka.

有沒有會說中文的導遊

說明

「中国語(ちゅうごくご)が話(はな)せる」是「會說中文」的意思，「観光(かんこう)ガイド」則是導遊。

會話

A：中国語(ちゅうごくご)が話(はな)せる観光(かんこう)ガイドはいますか？

chu.u.go.ku.go.ga./ha.na.se.ru./ka.n.ko.u.ga.i.do.wa./i.ma.su.ka.

有沒有會說中文的導遊。

B：はい、少々(しょうしょう)お待(ま)ちください。

ha.i./sho.u.sho.u./o.ma.chi./ku.da.sa.i.

有的，請稍待。

相關短句

観光(かんこう)ガイドを頼(たの)むことはできますか？

ka.n.ko.u./ga.i.do.o./ta.no.mu.ko.to.wa./de.ki.ma.su.ka.

可以請你幫我找個導遊嗎？

Track 048

ここの名物(めいぶつ)は何(なん)ですか

ko.ko.no./me.i.bu.tsu.wa./na.n.de.su.ka.

這裡的名產是什麼？

說明

「名物(めいぶつ)」是名產的意思，指當地最為人所知的東西。

會話

A：ここの名物(めいぶつ)は何(なん)ですか？

ko.ko.no./me.i.bu.tsu.wa./na.n.de.su.ka.

這裡的名產是什麼？

B：そうですね。ひつまぶしが一番有名(いちばんゆうめい)です。

so.u.de.su.ne./hi.tsu.ma.bu.shi.ga./i.chi.ba.n.yu.u.me.i.de.su.

這個嘛，鰻魚飯三吃是最有名的。

相關短句

あの建物(たてもの)は何(なん)ですか？

a.no./ta.te.mo.no.wa./na.n.de.su.ka.

那棟建築物是什麼？

これは何(なん)と読(よ)みますか？

ko.re.wa./na.n.to./yo.mi.ma.su.ka.

這怎麼念？

写真（しゃしん）を撮（と）ってもいいですか

sha.shi.n.o./to.tte.mo./i.i.de.su.ka.

可以拍照嗎

說明

觀光時，如果想拍景點或別人店裡的模樣時，就用「写真（しゃしん）を撮（と）ってもいいですか」來詢問對方可不可以拍照。

會話

A：ここの写真（しゃしん）を撮（と）ってもいいですか？

ko.ko.no./sha.shi.n.o./to.tte.mo./i.i.de.su.ka.

可以拍這裡的照片嗎？

B：はい、どうぞ。

ha.i./do.u.zo.

可以的，請。

相關短句

写真（しゃしん）を撮（と）らせてください。

sha.shi.n.o./to.ra.se.te./ku.da.sa.i.

可以讓我拍照嗎？

はい、チーズ。

ha.i./chi.i.zu.

一、二、三，笑一個。（拍照按下快門時說的話）

Track 049

シャッターを押(お)してもらえますか

sha.tta.a.o./o.shi.te./mo.ra.e.ma.su.ka.

可以幫我拍照嗎

説明

「シャッター」是快門的意思，「シャッターを押(お)してもらえますか」是請對方幫忙按快門，也就是請對方幫忙拍照的意思。

會話

A：すみません、シャッターを押(お)してもらえますか？

su.mi.ma.se.n./sha.tta.a.o./o.shi.te./mo.ra.e.ma.su.ka.

不好意思，可以請你幫我拍照嗎？

B：いいですよ。

i.i.de.su.yo.

好啊。

相關短句

このボタンを押(お)すだけです。

ko.no.bo.ta.n.o./o.su.da.ke.de.su.

按這個鍵就可以了。

あの建物(たてもの)をバックに入(い)れてください。

a.no.ta.te.mo.no.o./ba.kku.ni./i.re.te.ku.da.sa.i.

我要以那棟建築物當背景。

Track 049

どれくらい時間(じかん)がかかりますか

do.re.ku.ra.i./ji.ka.n.ga./ka.ka.ri.ma.su.ka.

要花多久時間

説明

「くらい」是「大約」的意思。「どれくらい時間(じかん)がかかりますか」則是問需要多少時間。

會話

A：このミュージカルを見(み)るのにどれくらい時間(じかん)がかかりますか？

ko.no./myu.u.ji.ka.ru.o./mi.ru.no.ni./do.re.ku.ra.i.ji.ka.n.ga./ka.ka.ri.ma.su.ka.

這部音樂劇的時間大約多長？

B：3時間(じかん)くらいです。

sa.n.ji.ka.n./ku.ra.i.de.su.

大約需要3小時。

相關短句

4時間(じかん)ぐらいのツアーはありますか？

yo.ji.ka.n./gu.ra.i.no./tsu.a.a.wa./a.ri.ma.su.ka.

是否有4小時左右的旅行團？

集合(しゅうごう)は何時(なんじ)ですか？

shu.u.go.u.wa./na.n.ji.de.su.ka.

幾點集合？

中国語(ちゅうごくご)のパンフレットをください

chu.u.go.ku.go.no./pa.n.fu.re.tto.o./ku.da.sa.i.

請給我中文的説明

説明

「～ください」是「請給我～」的意思。

會話

A：中国語(ちゅうごくご)のパンフレットをください。
chu.u.go.ku.go.no./pa.n.fu.re.tto.o./ku.da.sa.i.
請給我中文的説明。

B：はい、どうぞ。
ha.i./do.u.zo.
好的，請。

相關短句

町(まち)の地図(ちず)か観光案内(かんこうあんない)はありますか？
ma.chi.no./chi.zu.ka./ka.n.ko.u.a.n.na.i.wa./a.ri.ma.su.ka.
有這個城市的地圖或是觀光簡介嗎？

どこでチケットを買(か)えますか？
do.ko.de./chi.ke.tto.o./ka.e.ma.su.ka.
票在哪裡買？

Track 050

入(はい)ってもいいですか

ha.i.tte.mo./i.i.de.su.ka.

可以進去嗎

說明

「～てもいいですか」是請求對方的許可。在觀光地如果想要進到裡面參觀，可以問服務人員「入(はい)ってもいいですか」。

會話

A：中(なか)に入(はい)ってもいいですか？

na.ka.ni./ha.i.tte.mo./i.i.de.su.ka.

可以進去裡面嗎？

B：はい、大丈夫(だいじょうぶ)です。どうぞ。

ha.i./da.i.jo.u.bu.de.su./do.u.zo.

可以的，請進。

相關短句

荷物(にもつ)は預(あず)けられますか？

ni.mo.tsu.wa./a.zu.ke.ra.re.ma.su.ka.

可以寄放物品嗎？

トイレを貸(か)してもらえますか？

to.i.re.o./ka.shi.te./mo.ra.e.ma.su.ka.

可以借廁所嗎？

Track 051

パスポートをなくしました

pa.su.po.o.to.o./na.ku.shi.ma.shi.ta.

我的護照不見了

説明

把東西弄不見了，就是「～をなくしました」。

會話

A：パスポートをなくしました。

pa.su.po.o.to.o./na.ku.shi.ma.shi.ta.

我的護照不見了。

B：それは大変(たいへん)です。警察(けいさつ)に電話(でんわ)しなくては。

so.re.wa./ta.i.he.n.de.su./ke.i.sa.tsu.ni./de.n.wa.shi.na.ku.te.wa.

那可不妙，得打電話給警察報案。

相關短句

財布(さいふ)を盗(ぬす)まれました。

sa.i.fu.o./nu.su.ma.re.ma.shi.ta.

我的錢包被偷了。

バッグを置(お)き引(び)きされました。

ba.ggu.o./o.ki.bi.ki.sa.re.ma.shi.ta.

包包放著被人拿走了。

Track 051

国際電話のかけかたを教えてください

ko.ku.sa.i.de.n.wa.no./ka.ke.ka.ta.o./o.shi.e.te./ku.da.sa.i.

請教我怎麼打國際電話

説明

「～を教えてください」是請對方教自己。「国際電話」是國際電話。

會話

A：国際電話のかけかたを教えて下さい。

ko.ku.sa.i.de.n.wa.no./ka.ke.ka.ta.o./o.shi.e.te./ku.da.sa.i.

請教我怎麼打國際電話。

B：はい。どこの国へかけられますか？

ha.i./do.ko.no./ku.ni.e./ka.ke.ra.re.ma.su.ka.

好的，請問你要打到哪個國家？

相關短句

台湾へ電話したい。

ta.i.wa.n.e./de.n.wa.shi.ta.i.

我想打電話到台灣。

外線にかけたいのですが。

ga.i.se.n.ni./ka.ke.ta.i.no./de.su.ga.

（在飯店）我想打外線。

Track 052

充電器(じゅうでんき)を借(か)りることはできますか

ju.u.de.n.ki.o./ka.ri.ru.ko.to.wa./de.ki.ma.su.ka.

可以借充電器嗎

説明

「～を借(か)りることはできますか」「～を借(か)りられますか」是詢問可不可以借東西。

會話

A：スマホの充電器(じゅうでんき)を借(か)りることはできますか？

su.ma.ho.no./ju.u.de.n.ki.o./ka.ri.ru.ko.to.wa./de.ki.ma.su.ka.

可以借智慧型手機的充電器嗎？

B：はい。機種(きしゅ)を教(おし)えていただけますか？

ha.i./ki.shu.o./o.shi.e.te./i.ta.da.ke.ma.su.ka.

好的，可以告訴我手機的型號嗎？

相關短句

ドライヤーを借(か)りられますか？

do.ra.i.ya.a.o./ka.ri.ra.re.ma.su.ka.

可以借吹風機嗎？

助(たす)けてください
ta.su.ke.te./ku.da.sa.i.

救命啊

説明

要求助時，可以説「助(たす)けてください」，或是説「助(たす)けて」。

會話

A：助(たす)けてください。
ta.su.ke.te./ku.da.sa.i.
救命啊。

B：どうしましたか？
do.u.shi.ma.shi.ta.ka.
發生什麼事了？

相關短句

医者(いしゃ)を呼(よ)んでください。
i.sha.o./yo.n.de./ku.da.sa.i.
快叫醫生來。

救急車(きゅうきゅうしゃ)を呼(よ)んでください。
kyu.u.kyu.u.sha.o./yo.n.de./ku.da.sa.i.
快叫救護車。

史上最讚的
日語會話速成班

餐飲篇

いただきます
i.ta.da.ki.ma.su.

開動了

説明

日本人用餐前，都會説「いただきます」，即使是只有自己一個人用餐的時候也會説。這樣做表現了對食物的感激和對料理人的感謝。

會話

A：わあ、おいしそう！
wa.a./o.i.shi.so.u.
哇，看起來好好吃喔！

B：先(さき)に食(た)べていいよ。
sa.ki.ni.ta.be.te.i.i.yo.
你先吃吧！

A：じゃ、いただきます。
ja./i.ta.da.ki.ma.su.
那我就開動了。

相關短句

お先(さき)にいただきます。
o.sa.ki.ni./i.ta.da.ki.ma.su.
我先開動了。

Track 053

ごちそうさまでした

go.chi.so.u.sa.ma.de.shi.ta.

我吃飽了／謝謝招待

說明

吃飽飯說，會說「ごちそうさまでした」或是「おいしかったです」表示吃飽了。

會話

A：おいしかった。ごちそうさまでした。
o.i.shi.ka.tta./go.chi.so.u.sa.ma.de.shi.ta.
很好吃。我吃飽了。

B：おなかいっぱいですね。ごちそうさまでした。
o.na.ka./i.ppa.i.de.su.ne./go.chi.so.u.sa.ma.de.shi.ta.
吃得好飽。我也吃飽了。

相關短句

おいしかったです。
o.i.shi.ka.tta.de.su.
很好吃。

おいしくいただきました。
o.i.shi.ku./i.ta.da.ki.ma.shi.ta.
很好吃。

Track 054

予約(よやく)はしていませんが

yo.ya.ku.wa./shi.te./i.ma.se.n.ga.

我沒有預約

説明

進到餐廳卻沒有事先預約，想詢問沒訂位是否能進去，可以説「予約(よやく)はしていませんが」。

會話

A：予約(よやく)はしていませんが、入(はい)れますか？

yo.ya.ku.wa./shi.te.i.ma.se.n.ga./ha.i.re.ma.su.ka.

我沒有預約，可以進去嗎？

B：はい、何名様(なんめいさま)ですか？

ha.i./na.n.me.i.sa.ma./de.su.ka.

好的，請問有幾位？

相關短句

食事(しょくじ)はできますか？

sho.ku.ji.wa./de.ki.ma.su.ka.

可以用餐嗎？

7時(じ)に予約(よやく)している者(もの)です。

shi.chi.ji.ni./yo.ya.ku.shi.te.i.ru./mo.no.de.su.

我訂了7點的位子。

Track 054

メニューを見(み)せてもらえますか

me.nyu.u.o./mi.se.te./mo.ra.e.ma.su.ka.

能給我菜單嗎

説明

「～を見(み)せてもらえますか」是請對方拿東西給自己看。「メニュー」則是菜單的意思。

會話

A：メニューを見(み)せてもらえますか？

me.nyu.u.o./mi.se.te./mo.ra.e.ma.su.ka.

能給我菜單嗎？

B：はい、どうぞ。

ha.i./do.u.zo.

好的，請。

相關短句

中国語(ちゅうごくご)のメニューはありますか？

chu.u.go.ku.go.no./me.nyu.u.wa./a.ri.ma.su.ka.

請問有中文菜單嗎？

ワインリストはありますか？

wa.i.n.ri.su.to.wa./a.ri.ma.su.ka.

有紅酒單嗎？

Track 055

1人前だけ注文出来ますか

にんまえ　ちゅうもんでき

i.chi.ni.n.ma.e.da.ke./chu.u.mo.n./de.ki.ma.su.ka.

可以只點1人份嗎

說明

1人份是「1人前（にんまえ）」。詢問餐廳是否可以叫小份一點或有特殊需求時，可以用「～注文出来ますか（ちゅうもんでき）」來表示。

會話

A：1人前（にんまえ）だけ注文出来（ちゅうもんでき）ますか？

i.chi.ni.n.ma.e.da.ke./chu.u.mo.n./de.ki.ma.su.ka.

可以只點1人份嗎？

B：はい、承（うけたまわ）ります。

ha.i./u.ke.ta.ma.wa.ri.ma.su.

沒問題，可以。

相關短句

ハーフサイズで注文（ちゅうもん）できますか？

ha.a.fu./sa.i.zu.de./shu.u.mo.n./de.ki.ma.su.ka.

可以只點半份嗎？

大盛（おおもり）で注文（ちゅうもん）できますか？

o.o.mo.ri.de./chu.u.mo.n./de.ki.ma.su.ka.

可以為我做大碗的嗎？

注文お願いします

chu.u.mo.n./o.ne.ga.i.shi.ma.su.

我想點餐

說明

「注文」是點餐、下訂的意思；加點是「追加注文」。想要點餐時，就說「注文お願いします」。

會話

A：注文お願いします。

chu.u.mo.n./o.ne.ga.i.shi.ma.su.

我想點餐。

B：はい、すぐ伺いに参ります。

ha.i./su.gu./u.ka.ga.i.ni./ma.i.ri.ma.su.

好的，馬上過去。

相關短句

注文してもいいですか？

chu.u.mo.n.shi.te.mo./i.i.de.su.ka.

我想點餐。

追加注文したいのですが。

tsu.i.ka.chu.u.mo.n./shi.ta.i.no.de.su.ga.

我想要加點。

Track 056

もう少(すこ)し時間(じかん)を頂(いただ)けますか

mo.u.su.ko.shi./ji.ka.n.o./i.ta.da.ke.ma.su.ka.

可以再給我一點時間嗎 / 等一下再點

説明

店員來詢問是否可以點餐，但還沒有決定好的時候，要請對方再多給一點時間，就說「あともう少(すこ)し時間(じかん)を頂(いただ)けますか」。

會話

A：ご注文(ちゅうもん)を伺(うかが)います。
go.chu.u.mo.n.o./u.ka.ga.i.ma.su.
請問要點什麼？

B：あともう少(すこ)し時間(じかん)を頂(いただ)けますか？
a.to./mo.u.su.ko.shi./ji.ka.n.o./i.ta.da.ke.ma.su.ka.
可以再給我一點時間嗎？ / 等一下再點餐。

相關短句

もうちょっと待(ま)ってください。
mo.u.cho.tto./ma.tte./ku.da.sa.i.
請再稍等一下。

デザートの注文(ちゅうもん)は後(あと)でいいですか？
de.za.a.to.no./chu.u.mo.n.wa./a.to.de./i.i.de.su.ka.
甜點可以等一下再點嗎？

Track 056

にんにくは抜(ぬ)いてもらえますか

ni.n.ni.ku.wa./nu.i.te./mo.ra.e.ma.su.ka.

可以不要加蒜頭嗎

説明

請店家不加某項材料，是用「～は抜(ぬ)いてもらえますか」的句型。

會話

A：にんにくは抜(ぬ)いてもらえますか？

ni.n.ni.ku.wa./nu.i.te./mo.ra.e.ma.su.ka.

可以不要加蒜頭嗎？

B：一度厨房(いちどちゅうぼう)に聞(き)いてみますので、少々(しょうしょう)お待(ま)ちください。

i.chi.do./chu.u.bo.u.ni./ki.i.te./mi.ma.su.no.de./sho.u.sho.u./o.ma.chi.ku.da.sa.i.

我去問一下廚房，請稍等。

相關短句

塩(しお)を控(ひか)えめにしてもらえますか？

shi.o.o./hi.ka.e.me.ni./shi.te.mo.ra.e.ma.su.ka.

鹽可以少加一點嗎？

辛(から)めにしてもらえますか？

ka.ra.me.ni./shi.te.mo.ra.e.ma.su.ka.

可以弄辣一點嗎？

あれと同じ料理をください

a.re.to./o.na.ji./ryo.u.ri.o./ku.da.sa.i.

我要和那個一樣的

説明

點餐時，想要和別人一樣的東西時，可以直接指著那項菜，説「あれと同じ料理をください」。

會話

A：あれと同じ料理をください。

a.re.to./o.na.ji./ryo.u.ri.o./ku.da.sa.i.

我要和那個一樣的。

B：かしこまりました。

ka.shi.ko.ma.ri.ma.shi.ta.

好的。

相關短句

ここに載っているものと同じものをください。

ko.ko.ni./no.tte.i.ru.mo.no.to./o.na.ji.mo.no.o./ku.da.sa.i.

我要和這裡刊登的東西一樣的。

私も同じものをお願いします。

wa.ta.shi.mo./o.na.ji.mo.no.o./o.ne.ga.i.shi.ma.su.

我也要一樣的。

Track 057

これを1(ひと)つください

ko.re.o./hi.to.tsu./ku.da.sa.i.

給我1個這個

説明

「～ください」是「給我～」的意思。前面可以加名詞或數量。

會話

A：ご注文(ちゅうもん)をお伺(うかが)いします。

go.chu.u.mo.n.o./o.u.ka.ga.i.shi.ma.su.

請問要點什麼？

B：これを1(ひと)つください。

ko.re.o./hi.to.tsu./ku.da.sa.i.

給我1個這個

相關短句

これを1人前(にんまえ)ください。

ko.re.o./i.chi.ni.n.ma.e./ku.da.sa.i.

我要1人份的這個。

これをもう1(ひと)つお願(ねが)いします。

ko.re.o./mo.u.hi.to.tsu./o.ne.ga.i.shi.ma.su.

再給我1個這個。

Track 058

お勧(すす)めは何(なん)ですか

o.su.su.me.wa./na.n.de.su.ka.

你推薦什麼

說明

請店家推薦時，可以問「お勧(すす)めは何(なん)ですか」。

會話

A：この店(みせ)のお勧(すす)めは何(なん)ですか？

ko.no./mi.se.no./o.su.su.me.wa./na.n.de.su.ka.

你推薦這家店的什麼菜？

B：そうですね。ラムのリゾットは当店(とうてん)のお勧(すす)めです。

so.u.de.su.ne./ra.mu.no./ri.zo.tto.wa./to.u.te.n.no./o.su.su.me.de.su.

嗯，羊肉燉飯是我們的招牌。

相關短句

前菜(ぜんさい)は何(なに)がお勧(すす)めですか？

ze.n.sa.i.wa./na.ni.ga./o.su.su.me./de.su.ka.

有什麼推薦的前菜？

今(いま)の季節(きせつ)は何(なに)がおいしいですか？

i.ma.no./ki.se.tsu.wa./na.ni.ga./o.i.shi.i.de.su.ka.

現在這個季節什麼好吃？

Track 058

セットメニューはありますか

se.tto.me.nyu.u.wa./a.ri.ma.su.ka.

有套餐菜單嗎

說明

詢問有沒有什麼東西時，用「～はありますか」。套餐是「セット」，日式套餐則是「定食（ていしょく）」。

會話

A：セットメニューはありますか？

se.tto.me.nyu.u.wa./a.ri.ma.su.ka.

有套餐菜單嗎？

B：はい、こちらになります。

ha.i./ko.chi.ra.ni./na.ri.ma.su.

有的，在這裡。

相關短句

スープとサラダは付（つ）いていますか？

su.u.pu.to./sa.ra.da.wa./tsu.i.te.i.ma.su.ka.

附湯和沙拉嗎？

定食（ていしょく）はありますか？

te.i.sho.ku.wa./a.ri.ma.su.ka.

有日式套餐嗎？

これはどんな料理(りょうり)ですか

ko.re.wa./do.n.na./ryo.u.ri.de.su.ka.

這是什麼樣的料理

說明

看到陌生的餐點名稱，就用「～はどんな料理(りょうり)ですか」來詢問餐點的內容是什麼。

會話

A：これはどんな料理(りょうり)ですか？

ko.re.wa./do.n.na./ryo.u.ri.de.su.ka.

這是什麼樣的料理？

B：豚骨(とんこつ)ベースのスープに、イカ、たけのこ、にんじんなどの具(ぐ)をたくさん入(い)れたものです。

to.n.ko.tsu.be.e.su.no./to.ro.mi.su.u.pu.ni./i.ka./ta.ke.no.ko./ni.n.ji.n.na.do.no.gu.o./ta.ku.sa.n./i.re.ta.mo.no.de.su.

在用豬骨燉的高湯中，加入花枝、竹筍和紅蘿蔔等大量食材的料理。

相關短句

この料理(りょうり)は何(なに)が入(はい)っていますか？

ko.no.ryo.u.ri.wa./na.ni.ga./ha.i.tte.i.ma.su.ka.

這道菜裡面加了什麼？

それはすぐ出来(でき)ますか

so.re.wa./su.gu./de.ki.ma.su.ka.

可以馬上做好嗎

說明

趕時間的時候，要詢問餐點是否能立刻上菜，可以用「すぐ出来(でき)ますか」來詢問。

會話

A：それはすぐ出来(でき)ますか？

so.re.wa./su.gu.de.ki.ma.su.ka.

（用指的）那個可以馬上做好嗎？

B：はい、すぐ出来(でき)ます。

ha.i./su.gu./de.ki.ma.su.

是的，可以馬上做好。

相關短句

なにか早(はや)くできるものはありますか？

na.ni.ka./ha.ya.ku./de.ki.ru.mo.no.wa./a.ri.ma.su.ka.

有什麼是很快就能上菜的？

料理(りょうり)をするのにどのくらい時間(じかん)がかかりますか？

ryo.u.ri.o./su.ru.no.ni./do.no.ku.ra.i./ji.ka.n.ga./ka.ka.ri.ma.su.ka.

做這道菜需要多少時間？

どんな味(あじ)ですか
do.n.na./a.ji.de.su.ka.
是什麼樣的味道

說明

「味(あじ)」是味道的意思，詢問菜肴的口感和味道，就用「どんな味(あじ)ですか」來詢問。

會話

A：これはどんな味(あじ)ですか？
ko.re.wa./do.n.na./a.ji.de.su.ka.
這是什麼樣的味道？

B：ピリ辛(から)でさっぱりしています。
pi.ri.ka.ra.de./sa.ppa.ri.shi.i.te.ma.su.
微辣很清爽。

相關短句

辛(から)い料理(りょうり)が苦手(にがて)です。これは辛(から)いですか？
ka.ra.i.ryo.u.ri.ga./ni.ga.te.de.su./ko.re.wa./ka.ra.i.de.su.ka.
我怕辣，這道菜會辣嗎？

あっさりした料理(りょうり)はありますか？
a.ssa.ri.shi.ta./ryo.u.ri.wa./a.ri.ma.su.ka.
有清淡的菜嗎？

Track 060

1人(ひとり)では量(りょう)が多(おお)いですか

hi.to.ri.de.wa./ryo.u.ga./o.o.i.de.su.ka.

對1個人來說會太多嗎

說明

詢問餐點的份量會不會太多，可以說「～では量(りょう)が多(おお)いですか」。

會話

A：この料理(りょうり)、1人(ひとり)では量(りょう)が多(おお)いですか？

ko.no.ryo.u.ri./ hi.to.ri.de.wa./ryo.u.ga./o.o.i.de.su.ka.

這道菜，對1個人來說會太多嗎？

B：そうですね。こちらの料理(りょうり)は2人前(にんまえ)からのご注文(ちゅうもん)になっていますが。

so.u.de.su.ne./ko.chi.ra.no./ryo.u.ri.wa./ni.ni.n.ma.e.ka.ra.no./go.chu.u.mo.n.ni./na.tte.i.ma.su.ga.

嗯，這道菜基本上是要點2人份以上。

相關短句

2人(ふたり)で食(た)べられる量(りょう)ですか？

fu.ta.ri.de./ta.be.ra.re.ru.ryo.u./de.su.ka.

2個人吃得完嗎？

量(りょう)はどのくらいですか？

ryo.u.wa./do.no.ku.ra.i.de.su.ka.

量大約多大呢？

Track 061

ビールに合(あ)う料理(りょうり)はどれでしょうか

bi.i.ru.ni./a.u.ryo.u.ri.wa./do.re.de.sho.u.ka.

哪道菜和啤酒比較搭

說明

　　詢問哪道菜比較適合點時，可以用「～に合(あ)う料理(りょうり)はどれでしょうか」。

會話

A：ビールに合(あ)う料理(りょうり)はどれでしょうか？

bi.i.ru.ni./a.u.ryo.u.ri.wa./do.re.de.sho.u.ka.

哪道菜和啤酒比較搭？

B：こちらのガーリックシュリンプはいかがでしょうか？

ko.chi.ra.no./ga.a.ri.kku.shu.ri.n.pu.wa./i.ka.ga.de.sho.u.ka.

這道蒜味蝦怎麼樣？

相關短句

何(なに)かおつまみはありますか？

na.ni.ka./o.tsu.ma.mi.wa./a.ri.ma.su.ka.

有沒有什麼小菜？

Track 061

デザートは何(なに)がありますか

de.za.a.to.wa./na.ni.ga./a.ri.ma.su.ka.

有什麼甜點

説明

「～は何(なに)がありますか」是詢問有沒有什麼。甜點則是「デザート」。

會話

A：デザートは何(なに)がありますか？

de.za.a.to.wa./na.ni.ga./a.ri.ma.su.ka.

有什麼甜點？

B：チーズケーキとアイスクリームから選(えら)べます。

chi.i.zu.ke.e.ki.to./a.i.su.ku.ri.i.mu.ka.ra./e.ra.be.ma.su.

起士蛋糕和冰淇淋二選一。

相關短句

果物(くだもの)を使(つか)ったデザートはありますか？

ku.da.mo.no.o./tsu.ka.tta./de.za.a.to.wa./a.ri.ma.su.ka.

有加了水果的甜點嗎？

デザートはいりません。

de.za.a.to.wa./i.ri.ma.se.n.

不需要甜點。

おかわりください
o.ka.wa.ri./ku.da.sa.i.

再來一碗（杯）

説明

「おかわり」是再來一碗（杯）的意思。要再盛一碗飯，或是咖啡續杯，都是用「おかわり」。

會話

A：お湯のおかわりください。
o.yu.no.o.ka.wa.ri./ku.da.sa.i.
再給我一杯熱水。

B：かしこまりました。
ka.shi.ko.ma.ri.ma.shi.ta.
好的。

相關短句

これをもう１杯お願いします。
ko.re.o./mo.u.i.ppa.i./o.ne.ga.i.shi.ma.su.
再給我一杯這個。

おかわりできますか？
o.ka.wa.ri./de.ki.ma.su.ka.
可以續杯嗎？／可以再來一碗嗎？

氷(こおり)抜(ぬ)きでお願(ねが)いします

ko.o.ri.nu.ki.de./o.ne.ga.i.shi.ma.su.

不加冰塊

說明

「氷(こおり)抜(ぬ)き」是不加冰塊的意思。

會話

A：アイスコーヒーください。氷(こおり)抜(ぬ)きでお願(ねが)いします。

a.i.su.ko.o.hi.i./ku.da.sa.i./ko.o.ri.nu.ki.de./o.ne.ga.i.shi.ma.su.

我要冰咖啡。請不要加冰塊。

B：かしこまりました。

ka.shi.ko.ma.ri.ma.shi.ta.

好的。

相關短句

氷(こおり)抜(ぬ)きにしてください。

ko.o.ri.nu.ki.ni./shi.te.ku.da.sa.i.

要去冰。

砂糖(さとう)が入(はい)っていますか？

sa.to.u.ga./ha.i.tte./i.ma.su.ka.

裡面有加糖嗎？

2人(ふたり)でシェアしたいのですが

fu.ta.ri.de./she.a.shi.ta.i.no./de.su.ga.

想要2個人分

說明

幾個人點餐分著吃叫做「シェア」。「～でシェアしたいのですが」則是表示要分著吃，請店家準備小盤子。

會話

A：2人(ふたり)でシェアしたいのですが。

fu.ta.ri.de./she.a.shi.ta.i.no./de.su.ga.

我們想要2個人分著吃。

B：かしこまりました。取(と)り皿(ざら)を用意(ようい)いたします。

ka.shi.ko.ma.ri.ma.shi.ta./to.ri.za.ra.o./yo.u.i.i.ta.shi.ma.su.

好的，我會為您準備小盤。

相關短句

取(と)り皿(ざら)をください。

to.ri.za.ra.o./ku.da.sa.i.

請給我小盤子。

フォークをもう1(ひと)つください。

fo.o.ku.o./mo.u.hi.to.tsu./ku.da.sa.i.

請再給我1根叉子。

Track 063

あまりおいしくないです

a.ma.ri./o.i.shi.ku.na.i.de.su.

不太好吃

說明

「あまり～ないです」是「不太～」的意思。

會話

A：味(あじ)はどうですか？

a.ji.wa./do.u.de.su.ka.

味道怎麼樣？

B：あまりおいしくないです。

a.ma.ri./o.i.shi.ku.na.i.de.su.

不太好吃。

相關短句

まずいです。

ma.zu.i.de.su.

難吃。

いまいちです。

i.ma.i.chi.de.su.

普通。／不太好吃。

これはおいしい
ko.re.wa./o.i.shi.i.
這很好吃

説明

「おいしい」是好吃的意思，也可以説「美味(びみ)」。

會話

A：どうですか？
do.u.de.su.ka.
怎麼樣？

B：うん、これはおいしい。
u.n./ko.re.wa./o.i.shi.i.
嗯，這很好吃。

相關短句

これは極上(ごくじょう)です。
ko.re.wa./go.ku.jo.u.de.su.
真是極品。

とってもおいしかったです。
to.tte.mo./o.i.shi.ka.tta.de.su.
很好吃。

Track 064

おなかいっぱいです

o.na.ka./i.ppa.i.de.su.

很飽

說明

「おなか」是肚子的意思，「いっぱい」是充滿了的意思。所以「おなかいっぱい」就是「吃得很飽」的意思。

會話

A：デザートは何（なに）にしますか？

de.za.a.to.wa./na.ni.ni./shi.ma.su.ka.

甜點要吃什麼？

B：いや、結構（けっこう）です。もうおなかいっぱいです。

i.ya./ke.kko.u.de.su./mo.u./o.na.ka./i.ppa.i.de.su.

不，不用了。我已經很飽了。

相關短句

もう食（た）べられません。

mo.u./ta.be.ra.re.ma.se.n.

再也吃不下了。

デザートは別腹（べつばら）です。

de.za.a.to.wa./be.tsu.ba.ra.de.su.

甜點是另一個胃。

Track 065

少し辛いです

su.ko.shi./ka.ra.i.de.su.

有點辣

說明

「辛い」是「辣」的意思。「少し～です」是「有點～」的意思。

會話

A：味はどうですか？

a.ji.wa./do.u.de.su.ka.

味道怎麼樣？

B：少し辛いです。

su.ko.shi./ka.ra.i.de.su.

有點辣。

相關短句

これは口に合わなくて食べられません。

ko.re.wa./ku.chi.ni./a.wa.na.ku.te./ta.be.ra.re.ma.se.n.

這個不合我的口味，所以吃不下。

辛すぎて食べられません。

ka.ra.su.gi.te./ta.be.ra.re.ma.se.n.

太辣了吃不下。

ミディアムでお願(ねが)いします

mi.di.a.mu.de./o.ne.ga.i.shi.ma.su.

我想要五分熟

説明

點牛排時有全熟「ウェルダン」、半熟「ミディアム」和生「レア」之分，而全熟也可以説成「よく焼(や)く」。

會話

A：ステーキの焼(や)き加減(かげん)はいかがなさいますか？

su.te.e.ki.no./ya.ki.ka.ge.n.wa./i.ka.ga./na.sa.i.ma.su.ka.

牛排要幾分熟？

B：ミディアムでお願(ねが)いします。

mi.di.a.mu.de./o.ne.ga.i.shi.ma.su.

我想要五分熟。

相關短句

よく焼(や)いたもの。

yo.ku.ya.i.ta.mo.no.

我想要全熟。

半生焼(はんなまや)きでお願(ねが)いします。

ha.n.na.ma.ya.ki.de./o.ne.ga.i.shi.ma.su.

我想要五分熟。

これは注文（ちゅうもん）していませんが

ko.re.wa./chu.u.mo.n.shi.te.i.ma.se.n.ga.

我沒有點這個

說明

上菜時如果出現了沒有點的東西，可以說「これは注文（ちゅうもん）していませんが」。

會話

A：これは注文（ちゅうもん）していませんが。

ko.re.wa./chu.u.mo.n.shi.te.i.ma.se.n.ga.

我沒有點這個。

B：申（もう）し訳（わけ）ありません。お下（さ）げします。

mo.u.shi.wa.ke./a.ri.ma.se.n./o.sa.ge.shi.ma.su.

對不起，我們立刻把它撤下去。

相關短句

まだ来（き）ていない料理（りょうり）をキャンセルしてください。

ma.da./ki.te.i.na.i./ryo.u.ri.o./kya.n.se.ru.shi.te./ku.da.sa.i.

還沒上的菜就取消吧。

30分（ぷん）たっても食事（しょくじ）が来（き）ません。

sa.n.ji.ppu.n./ta.tte.mo./sho.ku.ji.ga./ki.ma.se.n.

過了30分鐘菜還沒上來。

この料理(りょうり)は変(へん)なにおいがします

ko.no.ryo.u.ri.wa./he.n.na./ni.o.i.ga./shi.ma.su.

這道餐點有奇怪的味道

說明

「～においがします」是表示「有～的味道」。

會話

A：あの…この料理(りょうり)は変(へん)なにおいがしますが。

a.no./ko.no.ryo.u.ri.wa./he.n.na./ni.o.i.ga./shi.ma.su.ga.

那個，這道餐點有奇怪的味道。

B：今(いま)すぐ作(つく)り直(なお)します。申(もう)し訳(わけ)ございません。

i.ma.su.gu./tsu.ku.ri.na.o.shi.ma.su./mo.u.shi.wa.ke./go.za.i.ma.se.n.

我們立刻重做，很抱歉。

相關短句

これはゆですぎじゃないですか？

ko.re.wa./yu.de.su.gi./ja.na.i.de.su.ka.

這是不是（燙）煮太久了？

Track 067

好きな食べ物は何ですか

su.ki.na./ta.be.mo.no.wa./na.n.de.su.ka.

喜歡吃什麼

説明

問對方喜歡的食物，可以用「好きな食べ物は何ですか」這句話來詢問。

會話

A：好きな食べ物は何ですか？
su.ki.na./ta.be.mo.no.wa./na.n.de.su.ka.
你最喜歡吃什麼？

B：肉料理が好きです。
ni.ku.ryo.u.ri.ga./su.ki.de.su.
我喜歡吃肉。

相關短句

甘いものが好きですか？
a.ma.i.mo.no.ga./su.ki.de.su.ka.
你喜歡甜食嗎？

嫌いな食べ物がありますか？
ki.ra.i.na./ta.be.mo.no.ga./a.ri.ma.su.ka.
有討厭的食物嗎？

學校職場篇

Track 068

いつもお世話（せわ）になっております
i.tsu.mo./o.se.wa.ni./na.tte.o.ri.ma.su.
長久以來受您照顧

説明

「お世話（せわ）になっています」是受對方關照、照顧的意思；更禮貌的説法是「お世話（せわ）になっております」。在商業往來的時候，常用這句話當作是開頭的問候語。

會話

A：鈴木商社（すずきしょうしゃ）の田中（たなか）です。いつもお世話（せわ）になっております。
su.zu.ki.sho.u.sha.no./ta.na.ka.de.su./i.tsu.mo./o.se.wa.ni./na.tte.o.ri.ma.su.
我是鈴木商社的田中，長久以來受您照顧。

B：こちらこそお世話（せわ）になっています。
ko.chi.ra.ko.so./o.se.wa.ni./na.tte.i.ma.su.
彼此彼此。

相關短句

お世話（せわ）になりました。
o.se.wa.ni./na.ri.ma.shi.ta.
受您照顧了。

Track 068

専門は物理でした

se.n.mo.n.wa./bu.tsu.ri.de.shi.ta.

主修物理

說明

主修可以説「専門」也可以説「専攻」。

會話

A：田中さんの出身校はどこですか？

ta.na.ka.sa.n.no./shu.sshi.n.ko.u.wa./do.ko.de.su.ka.

田中先生，您是哪間學校畢業的？

B：台湾大学出身で、専門は物理でした。

ta.i.wa.n.da.i.ga.ku./shu.sshi.n.de./se.n.mo.n.wa./bu.tsu.ri.de.shi.ta.

我畢業於台灣大學，主修物理。

相關短句

フランス文学専攻です。

fu.ra.n.su.bu.n.ga.ku.se.n.ko.u.de.su.

主修法國文學。

物理学を研究しています。

bu.tsu.ri.ga.tu.o./ke.n.kyu.u.shi.te./i.ma.su.

正在主修物理學。／正在物理學的研究領域。

Track 069

テニス部（ぶ）に入（はい）っています

te.ni.su.bu.ni./ha.i.tte.i.ma.su.

加入網球社

説明

社團活動是「部活（ぶかつ）」或「サークル」，參加某個社團，就用「～部（ぶ）に入（はい）っています」。

會話

A：部活（ぶかつ）をやっていますか？

bu.ka.tsu./ya.tte.i.ma.su.ka.

有參加社團嗎？

B：はい、テニス部（ぶ）に入（はい）っています。

ha.i./te.ni.su.bu.ni./ha.i.tte.i.ma.su.

有的，我加入網球社。

相關短句

落語研究会（らくごけんきゅうかい）で活動（かつどう）をしています。

ra.ku.go.ke.n.kyu.u.ka.i.de./ka.tsu.do.u.o./shi.te.i.ma.su.

參與落語研究社團的活動。

野球（やきゅう）サークルに在籍（ざいせき）しています。

ya.kyu.u./sa.a.ku.ru.ni./sa.i.se.ki.shi.te./i.ma.su.

我參加了棒球社團。

Track 069

人事を担当しています

ji.n.ji.o./ta.n.to.u.shi.te.i.ma.su.

負責人事工作

説明

「～を担当しています」是負責某樣工作、職位的意思。

會話

A：田中さんのお仕事は、どんな内容なんですか？

ta.na.ka.sa.n.no./o.shi.go.to.wa./do.n.na./na.i.yo.u.na.n.de.su.ka.

田中先生，你的工作內容是什麼呢？

B：私は人事を担当しています。

wa.ta.shi.wa./ji.n.ji.o./ta.n.to.u.shi.te.i.ma.su.

我負責人事工作。

相關短句

隊長を勤めています。

ta.i.cho.u.o./tsu.to.me.te./i.ma.su.

擔任隊長。

海外営業本部の部長をしています。

ka.i.ga.i.e.i.gyo.u.ho.n.bu.no./bu.cho.u.o./shi.te.i.ma.su.

擔任海外事業總部的部長。

Track 070

法律事務所で働いています
（ほうりつじむしょ／はたら）

ho.u.ri.tsu.ji.mu.sho.de./ha.ta.ra.i.te./i.ma.su.

在法律事務所工作

説明

「～で働（はたら）いています」是「在～工作」的意思。

會話

A：どのようなお仕事（しごと）をされているのですか？

do.no.yo.u.na./o.shi.go.to.o./sa.re.te.i.ru.no.de.su.ka.

你從事什麼樣的工作？

B：法律事務所（ほうりつじむしょ）で働（はたら）いています。

ho.u.ri.tsu.ji.mu.sho.de./ha.ta.ra.i.te./i.ma.su.

在法律事務所工作。

相關短句

大学（だいがく）で教師（きょうし）をしています。

da.i.ga.ku.de./kyo.u.shi.o./shi.te.i.ma.su.

在大學當老師。

ネット関連（かんれん）の仕事（しごと）をしています。

ne.tto.ka.n.re.n.no./shi.go.to.o./shi.te.i.ma.su.

從事網路相關的工作。

Track 070

元英語教師です
(もとえいごきょうし)

mo.to./e.i.go.kyo.u.shi.de.su.

以前是英語老師

説明

介紹自己以前的職業，可以説「元（もと）～です」。

會話

A：陳太郎（ちんたろう）と申（もう）します。元英語教師（もとえいごきょうし）です。

chi.n.ta.ro.u.to./mo.u.shi.ma.su./mo.to.e.i.go.kyo.u.shi.de.su.

我叫陳太郎，以前是英文老師。

B：はじめまして、田中秀雄（たなかひでお）と申（もう）します。

ha.ji.me.ma.shi.te./ta.na.ka.hi.de.o.to./mo.u.shi.ma.su.

初次見面，我叫田中秀雄。

相關短句

退職（たいしょく）しています。

ta.i.sho.ku./shi.te.i.ma.su.

已經離開公司了。

レジ係（がかり）をしたことがあります。

re.ji.ka.ka.ri.o./shi.ta.ko.to.ga./a.ri.ma.su.

曾經擔任過櫃檯收銀。

Track 071

バイトをしています

ba.i.to.o./shi.te.i.ma.su.

在打工

説明

「バイト」是打工的意思，是「アルバイト」的簡稱。

會話

Ａ：土日（どにち）は何（なに）をやっていますか？

do.ni.chi.wa./na.ni.o./ya.tte.i.ma.su.ka.

星期六日都在做些什麼呢？

Ｂ：バイトをしています。

ba.i.to.o./shi.te.i.ma.su.

在打工。

相關短句

派遣職員（はけんしょくいん）です。

ha.ke.n.sho.ku.i.n.de.su.

人力派遣的職員。

パートです。

pa.a.to.de.su.

計時正職員工。

Track 071

勤務時間は朝9時から、午後6時までです

ki.n.mu.ji.ka.n.wa./a.sa.ku.ji.ka.ra./go.go.ro.ku.ji.ma.de.de.su.

工作時間是早上9點到下午6點

說明

「～から、～まで」是詢問時間從幾點到幾點；「勤務時間」則是指上班時間。

會話

A：会社は何時から何時までですか？

ka.i.sha.wa./na.n.ji.ka.ra./na.n.ji.ma.de.de.su.ka.

公司是幾點到幾點？

B：勤務時間は朝9時から、午後6時までです。

ki.n.mu.ji.ka.n.wa./a.sa.ku.ji.ka.ra./go.go.ro.ku.ji.ma.de.de.su.

工作時間是早上9點到下午6點。

相關短句

昼は1時間の休みがあります。

hi.ro.wa./i.chi.ji.ka.n.no./ya.su.mi.ga.a.ri.ma.su.

中午有1小時的休息時間。

Track 072

先輩はみんな優しいです

se.n.pa.i.wa./mi.n.na./ya.sa.shi.i.de.su.

前輩都很好

説明

「先輩」是前輩的意思，學校的學長姊也是「先輩」。「優しい」是溫柔和善的意思。

會話

A：新しい会社はどうでしたか。

a.ta.ra.shi.i./ka.i.sha.wa./do.u.de.shi.ta.ka.

新公司怎麼樣？

B：先輩はみんな優しいです。

se.n.pa.i.wa./mi.n.na./ya.sa.shi.i.de.su.

前輩們都很好。

相關短句

嫌いな同僚一人もいません。

ki.ra.i.na./do.u.ryo.u./hi.to.ri.mo./i.ma.se.n.

沒有討厭的同事。

クラスの皆はとっても明るいです。

ku.ra.su.no./mi.n.na.wa./to.tte.mo./a.ka.ru.i.de.su.

班上的同學都很開朗。

Track 072

早退(そうたい)させていただけますか

so.u.ta.i.sa.se.te./i.ta.da.ke.ma.su.ka.

可以早退嗎

說明

「早退(そうたい)」是提早下班或早退回家的意思。「～させていただけますか」是請求對方時所用的句型，帶有請求對方許可的意思。

會話

A：今日(きょう)は体調(たいちょう)が悪(わる)くて、早退(そうたい)させていただけますか？

kyo.u.wa./ta.i.cho.u.ga./wa.ru.ku.te./so.u.ta.i.sa.se.te./i.ta.da.ke.ma.su.ka.

今天身體不舒服，可以早退嗎？

B：わかった。ゆっくり休(やす)んでね。

wa.ka.tta./yu.kku.ri.ya.su.n.de.ne

我知道了，好好休息吧。

相關短句

帰(かえ)らせていただきたいんですが。

ka.e.ra.se.te./i.ta.da.ki.ta.i.n.de.su.ga.

我可以回去嗎？

Track 073

今日は休みです

kyo.u.wa./ya.su.mi.de.su.

今天放假／今天休息

説明

「休み」是放假、休息的意思。

會話

A：あれ、学校は？

a.re./ga.kko.u.wa.

咦？不用上學嗎？

B：今日は休みです。

kyo.u.wa./ya.su.mi.de.su.

今天放假。

相關短句

有給休暇をとりました。

yu.u.kyu.u.kyu.u.ka.o./to.ri.ma.shi.ta.

拿到特休了。

今は産休中です。

i.ma.wa./sa.n.kyu.u.chu.u.de.su.

現在正在休產假。

Track 073

相談したいことがございます

so.u.da.n.shi.ta.i.ko.to.ga./go.za.i.ma.su.

有事想要商量

說明

「相談」是商量的意思，有事想要和對方商量或請教意見時就說「相談したいことがございます」或「相談したいことがあります」。

會話

A：新商品の件について、ご相談したいことがございますので、お時間頂きたいんですが。

shi.n.sho.u.hi.n.no.ke.n./ni.tsu.i.te./go.so.u.da.n.shi.ta.i./ko.to.ga./go.za.i.ma.su.no.de./o.ji.ka.n./i.ta.da.ki.ta.i.n.de.su.ga.

關於新商品，我有事想和你商量，請問你有時間嗎？

B：ええ、いいですよ。

e.e./i.i.de.su.yo.

嗯，好啊。

相關短句

お聞きしたいことがございます。

o.ki.ki.shi.ta.i./ko.to.ga./go.za.i.ma.su.

有事想請教。

Track 074

かいつまんで申(もう)し上(あ)げます

ka.i.tsu.ma.n.de./mo.u.shi.a.ge.ma.su.

簡單地説

說明

要簡單説明大致的狀況或結論時，可以説「かいつまんで申(もう)し上(あ)げます」。

會話

A：シンガポールの代理店(だいりてん)の状況(じょうきょう)はどうですか？

shi.n.ga.po.o.ru.no./da.i.ri.te.n.no./jo.u.kyo.u.wa./do.u.de.su.ka.

新加坡代理的狀況怎麼樣？

B：お手元(てもと)に資料(しりょう)としてお配(くば)りしてございますが、結論(けつろん)だけをかいつまんで申(もう)し上(あ)げます。

o.te.mo.to.ni./shi.ryo.u.to.shi.te./o.ku.ba.ri.shi.te./go.za.i.ma.su.ga./ke.tsu.ro.n.da.ke.o./ka.i.tsu.ma.n.de./mo.u.shi.a.ge.ma.su.

如同各位手邊拿到的資料，我先簡單説明結論。

相關短句

結論(けつろん)から先(さき)に申(もう)しますと。

ke.tsu.ro.n.ka.ra./sa.ki.ni./mo.u.shi.ma.su.to.

先從結論説起。

調査によると
cho.u.sa.ni./yo.ru.to.

根據調查

說明

「~によると」是「根據~」的意思，在說明是依什麼判斷時，就可以說「~によると」。

會話

A：先週のシステムエラーの調査はどうでしたか？

se.n.shu.u.no./shi.su.te.mu.e.ra.a.no./cho.u.sa.wa./do.u.de.shi.ta.ka.

上星期系統錯誤的調查進行得如何？

B：はい、ご報告いたします。調査によると、原因は特定できないとのことです。

ha.i./go.ho.u.ko.ku.i.ta.shi.ma.su./cho.u.sa.ni.yo.ru.to./ge.n.i.n.wa./to.ku.te.i./de.ki.na.i./to.no.ko.to.de.su.

是的，在此報告。根據調查，結果是無法查出特定原因。

相關短句

決算報告書を見る限り。

ke.ssa.n.ho.u.ko.ku.sho.o./mi.ru.ka.gi.ri.

單從結算報告看來。

Track 075

覚悟(かくご)したほうがいいと思(おも)います

ka.ku.go.shi.ta.ho.u.ga./i.i.to./o.mo.i.ma.su.

最好做好心理準備

説明

「覚悟(かくご)」是下決斷、做好心理準備的意思。「～したほうがいい」是「最好～」的意思，通常用於給意見。

會話

A：経営(けいえい)はかなり危機的(ききてき)な状況(じょうきょう)になっていますね。

ke.i.e.i.wa./ka.na.ri./ki.ki.te.ki.na./jo.u.kyo.u.ni./na.tte.i.ma.su.ne.

現在營業狀況岌岌可危。

B：そうですね。この地域(ちいき)からの撤退(てったい)を覚悟(かくご)したほうがいいと思(おも)います。

so.u.de.su.ne./ko.no.chi.i.ki.ka.ra.no./te.tta.i.o./ka.ku.go.shi.ta.ho.u.ga./i.i.to./o.mo.i.ma.su.

是啊，最好有退出這個地區的心理準備。

相關短句

決断(けつだん)します。

ke.tsu.da.n.shi.ma.su.

下決定。

Track 075

お見えになります

o.mi.e.ni./na.ri.ma.su.

來訪

説明

客人來訪時，表示對客人的尊敬，是用尊敬語的「お見えになります」、「お越しになります」或「いらっしゃいます」。

會話

A：午後の予定はどうなっている？

go.go.no./yo.te.i.wa./do.u.na.tte.i.ru.

下午有什麼行程？

B：はい。1時半に鈴木商社の田中様がお見えになります。

ha.i./i.chi.ji.ha.n.ni./su.zu.ki.sho.u.i.sha.no./ta.na.ka.sa.ma.ga./o.mi.e.ni./na.ri.ma.su.

有的，1點半時鈴木商社的田中先生會來訪。

相關短句

田中さんがいらっしゃいます。

ta.na.ka.sa.n.ga./i.ra.ssha.i.ma.su.

田中先生會來訪。

お越しになります。

o.ko.shi.ni./na.ri.ma.su.

（客人）來訪。

今日(きょう)も残業(ざんぎょう)ですか

kyo.u.mo./za.n.gyo.u.de.su.ka.

今天也加班嗎

說明

「残業(ざんぎょう)」是加班的意思；「今日(きょう)も～」是「今天也～」的意思。

會話

A：今日(きょう)も残業(ざんぎょう)ですか？

kyo.u.mo./za.n.gyo.u.de.su.ka.

今天也加班嗎？

B：ええ、明日朝一(あしたあさいち)で見積書(みつもりしょ)を提出(ていしゅつ)しなくてはいけないんです。

e.e./a.shi.ta./a.sa.i.chi.de./mi.tsu.mo.ri.sho.o./te.i.shu.tsu.shi.na.ku.te.wa./i.ke.na.n.de.su.

是啊，明天一早一定要把估價單交出來才行。

相關短句

休日出勤(きゅうじつしゅっきん)ですか？

kyu.u.ji.tsu./shu.kki.n.de.su.ka.

假日也要去上班嗎？

徹夜(てつや)しましたか？

te.tsu.ya./shi.ma.shi.ta.ka.

熬夜了嗎？

Track 076

ご案内(あんない)いたします

go.a.n.na.i./i.ta.shi.ma.su.

由我來介紹

說明

「いたします」是「します」的謙讓語，是在對方面前表示謙稱自己的意思。為人介紹或帶路時，就是用「ご案内(あんない)いたします」。

會話

A：お待(ま)ちしておりました。応接室(おうせつしつ)へご案内(あんない)いたします。

o.ma.chi.shi.te./o.ri.ma.shi.ta./o.u.se.tsu.shi.tsu.e./go.a.n.na.i./i.ta.shi.ma.su.

讓您久等了，我帶您到會客室。

B：あ、恐(おそ)れ入(い)ります。

a./o.so.re.i.ri.ma.su.

喔，不好意思。

相關短句

ご紹介(しょうかい)いたします。

go.sho.u.ka.i./i.ta.shi.ma.su.

由我為您介紹。

紹介(しょうかい)させて頂(いただ)きます。

sho.u.ka.i./sa.se.te./i.ta.da.ki.ma.su.

由我為您介紹。

Track 077

遠慮なくご質問ください

e.n.ryo.na.ku./go.shi.tsu.mo.n./ku.da.sa.i.

請不要客氣盡管問

説明

「遠慮なく」是請對方不要客氣的意思，也可以說「気軽に」。

會話

A：もしご不明な点がございましたら、遠慮なくご質問ください。

mo.shi./go.fu.me.i.na./te.n.ga./go.za.i.ma.shi.ta.ra./e.n.ryo.na.ku./go.shi.tsu.mo.n./ku.da.sa.i.

如果有不明白的地方，請不要客氣盡管發問。

B：ざっと見ただけですから、何とも言えませんが、2、3気にかかる箇所がございます。

za.tto.mi.ta.da.ke./de.su.ka.ra./na.n.to.mo./i.e.ma.se.n.ga./ni.sa.n./ki.ni.ka.ka.ru./ka.sho.ga./go.za.i.ma.su.

我只是大致看一下，不能說什麼，但有2、3個地方有點疑問。

Track 077

ここがよくわからないのですが

ko.ko.ga./yo.ku.wa.ka.ra.na.i.no./de.su.ga.

這裡我不太懂

說明

「わかる」是明白、了解的意思，「わからない」則是不清楚、不明白。

會話

A：ここがよくわからないのですが。

ko.ko.ga./yo.ku.wa.ka.ra.na.i.no./de.su.ga.

這裡我不太懂。（可以請你告訴我嗎？）

B：はい、この点(てん)に関(かん)しましては、少(すこ)しわかりづらいかと思(おも)いますので、図表(ずひょう)でご説明(せつめい)いたします。

ha.i./ko.no.te.n.ni./ka.n.shi.ma.shi.te.wa./su.go.shi./wa.ka.ri.zu.ra.i.ka.to./o.mo.i.ma.su.no.de./zu.hyo.u.de./go.se.tsu.me.i./i.ta.shi.ma.su.

是的，關於這一點，我想是有點難理解，所以我用圖表來說明。

相關短句

全(まった)くわかりません。

ma.tta.ku./wa.ka.ri.ma.se.n.

完全不懂。

Track 078

アドバイスしてください

a.do.ba.i.su./shi.te./ku.da.sa.i.

請給我意見

説明

「アドバイス」是給意見。「～してください」則是請求對方的意思。

會話

A：これに懲(こ)りずに、またアドバイスしてください。

ko.re.ni./ko.ri.zu.ni./ma.ta./a.do.ba.i.su./shi.te./ku.da.sa.i.

希望這次之外，能再給我意見。

B：何(なに)か相談(そうだん)ごとがあったら、気軽(きがる)に電話(でんわ)してね。

na.ni.ka./so.u.da.n.go.to.ga./a.tta.ra./ki.ga.ru.ni./de.n.wa.shi.te.ne.

如果有什麼要商量的，盡管打電話給我。

相關短句

何(なに)か不足(ふそく)な点(てん)がございましたら、助言(じょげん)をお願(ねが)いします。

na.ni.ka./fu.so.ku.na./te.n.ga./go.za.i.ma.shi.ta.ra./jo.ge.n.o./o.ne.ga.i.shi.ma.su.

如果覺得有什麼不足的，請給我建議。

Track 078

どういう意味(いみ)ですか

do.u.i.u.i.mi.de.su.ka.

是什麼意思

説明

「どういう意味(いみ)ですか」可以用來詢問單字或句子的意思。對話時，若不懂對方想要表達什麼，也可以用這句話來表達疑惑。

會話

A：素人(しろうと)ってどういう意味(いみ)ですか？

shi.ro.u.to.tte./do.u.i.u.i.mi.de.su.ka.

「素人」是什麼意思？

B：専門(せんもん)ではない人(ひと)っていう意味(いみ)です。

se.n.mo.n.de.wa.na.i.hi.to./tte.i.u.i.mi.de.su.

非專業人士的意思。

相關短句

今(いま)の言葉(ことば)はどういう意味(いみ)ですか？

i.ma.no./ko.to.ba.wa./do.u.i.u./i.mi.de.su.ka.

剛剛的話是什麼意思？

この単語(たんご)の意味(いみ)は何(なん)ですか？

ko.no./ta.n.go.no./i.mi.wa./na.n.de.su.ka.

這個單字是什麼意思？

Track 079

チェックしていただけますか

che.kku.shi.te./i.ta.da.ke.ma.su.ka

可以幫我修改嗎

説明

請對方幫忙看內容對不對時，可以用「チェックしていただけますか」來表達請求。「チェック」是確認、校正內容的意思。

會話

A：この企画書(きかくしょ)をチェックしていただけますか？

ko.no./ki.ka.ku.sho.o./che.kku.shi.te./i.ta.da.ke.ma.su.ka.

可以幫我看這份企畫書正不正確嗎？

B：いいよ。

i.i.yo.

好啊。

相關短句

この日本語(にほんご)をチェックしていただくことってできますか？

ko.no.ni.ho.n.go.o./che.kku.shi.te./i.ta.da.ku.ko.to.tte./de.ki.ma.su.ka.

可以幫我看一下這句日文對不對嗎？

Track 079

違(ちが)いは何(なん)ですか

chi.ga.i.wa./na.n.de.su.ka.

有什麼不同

說明

「違(ちが)い」是「不同」的意思，想要了解事物之間有什麼不同時，即用這句話來表達。

會話

A：製品(せいひん)1と製品(せいひん)2の違(ちが)いは何(なん)ですか？

se.i.hi.n.i.chi.to./se.i.hi.n.ni.no./chi.ga.i.wa./na.n.de.su.ka.

商品1和商品2有什麼不同？

B：製品(せいひん)2のほうが完成度(かんせいど)が高(たか)いです。

se.i.hi.n.ni.no.ho.u.ga./ka.n.se.i.do.ga./ta.ka.i.de.su.

商品2的完成度比較高。

相關短句

どこが違(ちが)いますか？

do.ko.ga./chi.ga.i.ma.su.ka.

哪裡不同？

同(おな)じですか？

o.na.ji.de.su.ka.

一樣嗎？

Track 080

なんて発音(はつおん)するんですか

na.n.te./ha.tsu.o.n.su.ru.n./de.su.ka.

怎麼發音

說明

看到不會念的字時，就用「なんて発音(はつおん)するんですか」來詢問念法。

會話

A：これ、なんて発音(はつおん)するんですか？

ko.re./na.n.te./ha.tsu.o.n.su.ru.n./de.su.ka.

這怎麼發音？

B：これは「ムラサキ」と読(よ)みます。

ko.re.wa./mu.ra.sa.ki.to./yo.mi.ma.su.

這個念「mu. ra. sa. ki. 」。

相關短句

RABBITって日本語(にほんご)でなんて言(い)うんですか？

rabbit.tte.ni.ho.n.go.de./na.n.te./i.u.n.de.su.ka.

RABBIT的日文怎麼說？

日本語(にほんご)で何(なん)と言(い)いますか？

ni.ho.n.go.de./na.n.to./i.i.ma.su.ka.

日語怎麼說？

邀約請求篇

Track 081

一緒に食事しましょうか

i.ssho.ni./sho.ku.ji./shi.ma.sho.u.ka.

要不要一起吃飯

説明

「一緒に～しましょうか」是邀請別人一起時使用的句型。

會話

A：明日、一緒に食事しましょうか？

a.shi.ta./i.ssho.ni./sho.ku.ji.shi.ma.sho.u.ka.

明天要不要一起吃飯。

B：ええ、いいですよ。

e.e./i.i.de.su.yo.

好啊。

相關短句

ご飯でもご一緒しませんか？

go.ha.n.de.mo./go.i.ssho.shi.ma.se.n.ka.

要不要一起吃飯？

ぜひ、一緒に行きましょう。

ze.hi./i.ssho.ni./i.ki.ma.sho.u.

請一定要一起來。

Track 081

一杯(いっぱい)どうですか

i.ppa.i.do.u.de.su.ka.

要不要喝一杯

說明

此句是邀請對方一起飲酒、喝一杯之意。

會話

A：ここは焼酎(しょうちゅう)が美味(おい)しいことで有名(ゆうめい)ですけど、軽(かる)く一杯(いっぱい)どうですか？

ko.ko.wa./sho.u.chu.u.ga./o.i.shi.i.ko.to.de./yu.u.me.i.de.su.ke.do./ka.ru.ku.i.ppa.i.do.u.de.su.ka.

這裡的日式燒酒很有名，要不要來一杯？

B：じゃあ、いただきます。

ja.a./i.ta.da.ki.ma.su.

好啊。我喝一杯。

相關短句

一杯(いっぱい)飲(の)もうか？

i.ppa.i.no.mo.u.ka.

要不要喝一杯？

飲(の)みに行(い)きましょうか？

no.mi.ni./i.ki.ma.sho.u.ka.

要不要去喝一杯？

Track 082

いいですね

i.i.de.su.ne.

好啊

説明

接受邀約時，表示欣然接受就用「いいですね」。

會話

A：今度一緒(こんどいっしょ)にサーフィンしに行(い)きませんか？

ko.n.do./i.ssho.ni./sa.a.fi.n.shi.ni./i.ki.ma.se.n.ka.

下次要不要一起去沖浪？

B：いいですね。いつですか？

i.i.de.su.ne./i.tsu.de.su.ka.

好啊，什麼時候？

相關短句

いいですよ。

i.i.de.su.yo.

好啊。

そうしましょう。

so.u.shi.ma.sho.u.

就這麼辦。

Track 082

土曜日はちょっと

do.yo.u.bi.wa./cho.tto.

星期六不行

説明

拒絕邀約或請求時，通常不會直接拒絕，而是會説「ちょっと…」，代表「有點不方便」，請對方知難而退。

會話

A：今週の土曜日、一緒にライブに行きませんか？

ko.n.shu.u.no./do.yo.u.bi./i.ssho.ni./ra.i.bu.ni./i.ki.ma.se.n.ka.

這星期六，要不要一起去聽演唱會？

B：すみません。土曜日はちょっと…。

su.mi.ma.se.n./do.yo.u.bi.wa./cho.tto.

對不起，星期六不太方便。

相關短句

ちょうどその日は他に都合があって…。

cho.u.do./so.ni.hi.wa./ho.ka.ni./tsu.go.u.ga./a.tte.

剛好那天有其他的事情。

残念ですが、別の予定があります。

za.n.ne.n.de.su.ga./be.tsu.no./yo.te.i.ga./a.ri.ma.su.

很遺憾，我有其他約了。

Track 083

また声（こえ）をかけてください

ma.ta./ko.e.o./ka.ke.te./ku.da.sa.i.

請再約我

説明

請對方下次再約自己時，就説「また声（こえ）をかけてください」，或「また誘（さそ）ってください」。

會話

A：明日一緒（あしたいっしょ）に飲（の）みに行（い）きませんか？

a.shi.ta./i.ssho.ni./no.mi.ni./i.ki.ma.se.n.ka.

明天要不要去喝一杯？

B：すみません、明日（あした）はちょっと…。

su.mi.ma.se.n./a.shi.ta.wa./cho.tto.

對不起，明天有點不方便。

A：そうですか？残念（ざんねん）ですね。じゃ、また今度（こんど）。

so.u.de.su.ka./za.n.ne.n.de.su.ne./ja./ma.ta.ko.n.do.

這樣嗎？太可惜了。那下次吧。

B：誘（さそ）ってくれてありがとう。また今度声（こんどこえ）をかけてください。

sa.so.tte./ku.re.te./a.ri.ga.to.u./ma.ta./ko.n.do./ko.e.o./ka.ke.te./ku.da.sa.i.

謝謝你約我，下次請再約我。

Track 083

ちょっといいですか

cho.tto./i.i.de.su.ka.

你有空嗎

説明

要做出請求，或者是有事想和對方説時，先問別人有沒有空，會用「ちょっといいですか」或「今大丈夫（いまだいじょうぶ）ですか」。

會話

A：ちょっといいですか？

cho.tto./i.i.de.su.ka.

你有空嗎？

B：ええ、何（なん）ですか？

e.e./na.n.de.su.ka.

有啊，什麼事？

相關短句

今大丈夫（いまだいじょうぶ）ですか？

i.ma./da.i.jo.u.bu.de.su.ka.

現在有空嗎？

少（すこ）し時間（じかん）を頂（いただ）いてもいいですか？

su.ko.shi./ji.ka.n.o./i.ta.da.i.te.mo./i.i.de.su.ka.

可以佔用你一點時間嗎？

Track 084

手伝(てつだ)ってもらえませんか

te.tsu.da.tte./mo.ra.e.ma.se.n.ka.

可以幫我嗎

説明

請對方幫忙時，可以用以下句型：「～てくれませんか」、「～てもらえませんか」、「～ていただけませんか」、「～ていただきたいんですが」、「～ていただけるとありがたいんですが」。

會話

A：データの収集(しゅうしゅう)を手伝(てつだ)ってもらえませんか？

de.e.ta.no./shu.u.shu.u.o./te.tsu.da.tte./mo.ra.e.ma.se.n.ka.

可以幫我蒐集資料嗎？

B：ええ、いいよ。

e.e./i.i.yo.

嗯，好啊。

相關短句

手(て)を貸(か)していただけますか？

te.o./ka.shi.te./i.ta.da.ke.ma.su.ka.

可以幫我一下嗎？

なんとかお願（ねが）いできませんか

na.n.to.ka./o.ne.ga.i./de.ki.ma.se.n.ka.

可以想想辦法嗎

説明

請別人幫忙時，如果情況很棘手，不容易解決時，懇請對方想想辦法，可以説「なんとかお願（ねが）いできませんか」或是「何（なん）とかなりませんか」。

會話

A：そこをなんとかお願（ねが）いできませんか？

so.ko.o./na.n.to.ka./o.ne.ga.i./de.ki.ma.se.n.ka.

可以請你想想辦法嗎？

B：仕方（しかた）ないな。じゃあ、やるわ。

shi.ka.ta.na.i.na./ja.a./ya.ru.wa.

沒辦法，那我試試吧。

相關短句

何（なん）とかならないでしょうか？

na.n.to.ka./na.ra.na.i./de.sho.u.ka.

能想想辦法嗎？

どうにかなりませんか？

do.u.ni.ka./na.ri.ma.se.n.ka.

沒有其他辦法嗎？

Track 085

ちょっと急(いそ)いでいるのですけど

cho.tto./i.so.i.de.i.ru.no./de.su.ke.do.

有點趕時間

說明

當事情的情況有點緊急，想催促或是提醒對方加快速度時，就可以説「急(いそ)いでいるのですけど」表示這件事情有點急。

會話

A：ちょっと急(いそ)いでいるのですけど、何(なん)とかなりませんか？

cho.tto./i.so.i.de.i.ru.no./de.su.ke.do./na.n.to.ka./na.ri.ma.se.n.ka.

這件事有點趕時間，可以請你幫幫忙？

B：わかりました。何(なん)とかします。

wa.ka.ri.ma.shi.ta./na.n.to.ka.shi.ma.su.

知道了，我盡量。

相關短句

できるだけ早(はや)くお願(ねが)いします。

de.ki.ru.da.ke./ha.ya.ku./o.ne.ga.i./shi.ma.su.

請盡早。

至急(しきゅう)お願(ねが)いします。

shi.kyu.u./o.ne.ga.i./shi.ma.su.

很緊急，拜託你了。

Track 085

わかりました

wa.ka.ri.ma.shi.ta.

我知道了

說明

受到請託時，會說「わかりました」表示理解及接受。

會話

A：よろしくお願(ねが)いします。

yo.ro.shi.ku./o.ne.ga.i./shi.ma.su.

拜託你了。

B：わかりました。何(なん)とかします。

wa.ka.ri.ma.shi.ta./na.n.to.ka./shi.ma.su.

好的，我會想辦法。

相關短句

承知(しょうち)いたしました。

sho.u.chi.i.ta.shi.ma.shi.ta.

了解。

じゃ、やりましょう。

ja./ya.ri.ma.sho.u.

那我們就做吧。

Track 086

手が離せないんですが

te.ga./ha.na.se.na.i.n.de.su.ga.

很忙沒空幫忙

説明

手上的事情很多抽不出時間幫助別人時，會説「手が離せないんですが」來拒絕別人的請求。

會話

A：ちょっと手伝ってくれませんか？

cho.tto./te.tsu.da.tte./ku.re.ma.se.n.ka.

可以幫我一下嗎？

B：すみません。今手が離せないんですが。

su.mi.ma.se.n./i.ma./te.ga./ha.na.se.na.i.n.de.su.ga.

對不起，我現在也有點忙。

相關短句

今、ちょっと忙しんですが。

i.ma./cho.tto./i.so.ga.shi.i.n.de.su.ga.

現在有點忙。

他の仕事しているんですが。

ho.ka.no./shi.go.to./shi.te.i.ru.n.de.su.ga.

我現在有其他的工作。

Track 086

ここに座(すわ)ってもいいですか

ko.ko.ni./su.wa.tte.mo./i.i.de.su.ka.

這裡可以坐嗎

説明

「～てもいいですか」「～てもよろしいですか」是表示請求時的句型。

會話

A：すみません、ここに座(すわ)ってもいいですか？

su.mi.ma.se.n./ko.ko.ni./su.wa.tte.mo./i.i.de.su.ka.

不好意思，請問這裡可以坐嗎？

B：ええ、どうぞ。

e.e./do.u.zo.

可以的，請坐。

相關短句

会議室(かいぎしつ)のタブレットを使(つか)ってもよろしいですか？

ka.i.gi.shi.tsu.no./ta.bu.re.tto.o./tsu.ka.tte.mo./yo.ro.shi.i./de.su.ka.

可以用會議室裡的平板電腦嗎？

月曜日(げつようび)に伺(うかが)ってもよろしいでしょうか？

ge.tsu.yo.u.bi.ni./u.ka.ga.tte.mo./yo.ro.shi.i./de.sho.u.ka.

星期一可以去拜訪你嗎？

Track 087

あいていますか

a.i.te.i.ma.su.ka.

有空嗎

説明

問對方某天或某個時段是否有空時，用「あいていますか」詢問。

會話

A：田中(たなか)さん、今夜(こんや)あいていますか？

ta.na.ka.sa.n./ko.n.ya./a.i.te.i.ma.su.ka.

田中先生，你今晚有空嗎？

B：ええ、何(なん)ですか？

e.e./na.n.de.su.ka.

有啊，什麼事？

相關短句

いつ都合(つごう)がいいですか？

i.tsu./tsu.go.u.ga./i.i.de.su.ka.

什麼時候有空？

今度(こんど)の日曜日(にちようび)、なにか予定(よてい)ありますか？

ko.n.do.no./ni.chi.yo.u.bi./na.ni.ka./yo.te.i./a.ri.ma.su.ka.

這個星期天，有別的約會嗎？

Track 087

手伝(てつだ)いましょうか

te.tsu.da.i.ma.sho.u.ka.

我來幫你吧

說明

看到別人有困難的時候，可以說「手伝(てつだ)いましょうか」主動表示幫助。

會話

A：手伝(てつだ)いましょうか？

te.tsu.da.i.ma.sho.u.ka.

我來幫你吧？

B：ありがとう。助(たす)かります。

a.ri.ga.to.u./ta.su.ka.ri.ma.su.

謝謝，真是得救了。

相關短句

よかったら、手伝(てつだ)おうか？

yo.ka.tta.ra./te.tsu.da.o.u.ka.

要不要我幫你？

お手伝(てつだ)いしましょうか？

o.te.tsu.da.i./shi.ma.sho.u.ka.

讓我來幫您吧？

助（たす）かります

ta.su.ka.ri.ma.su.

得救了／幫了我大忙

說明

接受別人幫助時，用「助（たす）かります」表示得救了。如果是用於感嘆、十分開心的時候，則是說「助（たす）かった」。

會話

A：私（わたし）がやりましょうか？

wa.ta.shi.ga./ya.ri.ma.sho.u.ka.

我來做吧？

B：いいですか？ありがとう。助（たす）かります。

i.i.de.su.ka./a.ri.ga.to.u./ta.su.ka.ri.ma.su.

真的嗎？謝謝。真是幫了我大忙。

相關短句

そうしていただけるとありがたいです。

so.u.shi.te./i.ta.da.ke.ru.to./a.ri.ga.ta.i.de.su.

如果你肯這樣做的話，那真是太好了。

助（たす）かりました。

ta.su.ka.ri.ma.shi.ta.

真是幫了我大忙。

Track 088

ちょっとお聞(き)きしたいんですが

cho.tto./o.ki.ki./shi.ta.i.n.de.su.ga.

想請問一下

説明

有問題想請教別人時，可以先説「ちょっとお聞(き)きしたいんですが」，表示有話要説。

會話

A：あの、ちょっとお聞(き)きしたいんですが。

a.no./cho.tto./o.ki.ki./shi.ta.i.n.de.su.ga.

那個，我想請問一下。

B：はい、どうぞ。

ha.i./do.u.zo.

好的，請説。

相關短句

ちょっと伺(うかが)いたいんですが。

cho.tto./u.ka.ga.i.ta.i.n./de.su.ga.

想請問一下。

ちょっと聞(き)きたいんですが。

cho.tto./ki.ki.ta.i.n.de.su.ga.

想請問一下。

ご迷惑(めいわく)をおかけしてすみませんでした

go.me.i.wa.ku.o./o.ka.ke.shi.te./su.mi.ma.se.n.de.shi.ta.

造成您的困擾，真不好意思

說明

造成別人麻煩的時候，會說「ご迷惑(めいわく)をおかけしてすみませんでした」表示抱歉。

會話

A：お忙(いそが)しい中(なか)、ご迷惑(めいわく)をおかけしてすみませんでした。

o.i.so.ga.shi.i.na.ka./go.me.i.wa.ku.o./o.ka.ke.shi.te./su.mi.ma.se.n.de.shi.ta.

在您百忙之中，還造成您的困擾，真是抱歉。

B：いいえ、とんでもありません。また何(なに)かご不明(ふめい)な点(てん)がありましたら、ご連絡(れんらく)ください。

i.i.e./to.n.de.mo./a.ri.ma.se.n./ma.ta./na.ni.ka./go.fu.me.i.na./te.n.ga./a.ri.ma.shi.ta.ra./go.re.n.ra.ku./ku.da.sa.i.

這沒什麼，別這麼説。如果還有不清楚的地方，請和我聯絡。

Track 089

許(ゆる)してください。

yu.ru.shi.te./ku.da.sa.i

請原諒我。

説明

請求對方原諒時，會說「許(ゆる)してください」。

會話

A：許(ゆる)してください。

yu.ru.shi.te./ku.da.sa.i.

請原諒我。

B：今回(こんかい)だけは許(ゆる)してあげるから、もうこんなことをしたらだめだよ。

ko.n.ka.i./da.ke.wa./yu.ru.shi.te./a.ge.ru.ka.ra./mo.u./ko.n.na.ko.to.o./shi.ta.ra./da.me.da.yo.

這次就原諒你，下次不可以再犯了。

相關短句

お許(ゆる)し下(くだ)さい。

o.yu.ru.shi.ku.da.sa.i.

請原諒我。

何卒(なにとぞ)ご容赦(ようしゃ)ください。

na.ni.to.zo./go.yo.u.sha./ku.da.sa.i.

還請您見諒。

Track 090

待(ま)ってください

ma.tte.ku.da.sa.i.

等一下

說明

請對方等一下的時候，可以說「待(ま)ってください」或是「ちょっと待(ま)ってください」。

會話

A：じゃ、行(い)ってきます。

ja./i.tte.ki.ma.su.

那我走囉。

B：あっ、待(ま)ってください。

a./ma.tte.ku.da.sa.i.

啊，等一下。

相關短句

ちょっと待(ま)ってください。

jo.tto./ma.tte.ku.da.sa.i.

請等一下。

少々(しょうしょう)お待(ま)ちください。

sho.u.sho.u./o.ma.chi.ku.da.sa.i.

稍等一下。

Track 090

頼む

ta.no.mu.

拜託

說明

對於比較熟的人，說話不用那麼拘泥的時候，就可以用「頼む」來表示自己的請託之意。

會話

A：頼むから、タバコだけはやめてくれ。

ta.no.mu.ka.ra./ta.ba.ko.da.ke.wa./ya.me.te.ku.re.

拜託你戒菸。

B：それは無理。

so.re.wa.mu.ri.

不可能。

相關短句

ちょっと頼みたいことがある。

cho.tto./ta.no.mi.ta.i.ko.to.ga.a.ru.

有點事要拜託你。

よろしく頼みます

yo.ro.shi.ku./ta.no.mi.ma.su.

請多幫忙。

頂(いただ)いてもよろしいですか

i.ta.da.i.te.mo./yo.ro.shi.i.de.su.ka.

可以給我嗎／可以拿嗎

説明

請問對方自己是否能夠拿某様東西。也可以説「もらってもいいですか」。

會話

A：このパンフレット、頂(いただ)いてもよろしいですか？

ko.no.pa.n.fu.re.tto./i.ta.da.i.te.mo./yo.ro.shi.i.de.su.ka.

這場刊可以拿嗎？

B：はい、どうぞ。

ha.i./do.u.zo.

好的，請。

相關短句

もらってもいいですか？

mo.ra.tte.mo./i.i.de.su.ka.

可以拿嗎？

これをいただけますか？

ko.re.o./i.ta.da.ke.ma.su.ka.

這個可以拿嗎？

Track 091

仲間(なかま)に入(い)れて

na.ka.ma.ni./i.re.te.

讓我加入

説明

用於要求對方讓自己加入時。

會話

A：みんなで映画(えいが)に行(い)くなら、仲間(なかま)に入(い)れてよ。

mi.n.na.de./e.i.ga.ni.i.ku.na.ra./na.ka.ma.ni.i.re.te.yo.

如果大家要去看電影的話，也算我一個吧。

B：いいよ、一緒(いっしょ)に行(い)こう。

i.i.yo./i.ssho.ni./i.ko.u.

好啊，大家一起去。

相關短句

私(わたし)も同行(どうこう)させてください。

wa.ta.shi.mo./do.u.ko.u./sa.se.te./ku.da.sa.i.

請讓我一起去。

仲間(なかま)にまぜてください。

na.ka.ma.ni./ma.ze.te.ku.da.sa.i.

請讓我加入。

史上最讚的
日語會話速成班

喜怒哀樂篇

Track 092

かんどう 感動しました

ka.n.do.u.shi.ma.shi.ta.

真是感動

説明

覺得深受感動時，可以説「感動(かんどう)しました」。

會話

A：いい映画(えいが)ですね。

i.i.e.i.ga.de.su.ne.

真是一部好電影呢！

B：そうですね。最後(さいご)のシーンに感動(かんどう)しました。

so.u.de.su.ne./sa.i.go.no.shi.i.n.ni./ka.n.do.u.shi.ma.shi.ta.

對啊，最後一幕真是令人感動。

相關短句

深(ふか)い感動(かんどう)を受(う)けたわ。

fu.ka.i.ka.n.do.u.o./u.ke.ta.wa.

受到深深感動。

ぐっときた。

gu.tto.ki.ta.

內心感動。／內心感到一陣暖流。

びっくりした
bi.kku.ri.shi.ta.
嚇我一跳

説明

表示驚訝、嚇了一跳。

會話

A：やった！
ya.tta.
太好了！

B：びっくりした。急（きゅう）に大声（おおごえ）を上（あ）げるのをやめて。
bi.kku.ri.shi.ta./kyu.u.ni./o.o.go.e.o./a.ge.ru.no.o./ya.me.te.
嚇我一跳。不要突然這麼大聲講話。

相關短句

度肝（どぎも）を抜（ぬ）かれた。
do.gi.mo.o./nu.ka.re.ta.
嚇了一跳。

腰（こし）を抜（ぬ）かした。
ko.shi.o./nu.ka.shi.ta.
嚇了一跳。

Track 093

いらいらします

i.ra.i.ra./shi.ma.su.

心浮氣躁／煩躁

説明

「いらいら」是心浮氣躁、不耐煩的意思。

會話

A：もう！本当(ほんとう)にこれにはいらいらします。

mo.u./ho.n.to.u.ni./ko.re.ni.wa./i.ra.i.ra./shi.ma.su.

真是的！這件事真的讓人很煩！

B：どうしました？

do.u.shi.ma.shi.ta.

怎麼了？

相關短句

イラッとします。

i.ra.tto.shi.ma.su.

覺得火大。

苛立(いらだ)ちます。

i.ra.da.chi.ma.su.

覺得火大。

Track 093

まんぞく
満足だった

ma.n.zo.ku.da.tta.

很滿足

説明

表示心滿意足。

會話

A：昨日（きのう）のレストランはどうだった？

ki.no.u.no./re.su.to.ra.n.wa./do.u.da.tta.

昨天那家餐廳怎麼樣？

B：値段（ねだん）もサービスも良（よ）かった。とっても満足（まんぞく）だった。

ne.da.n.mo./sa.a.bi.su.mo./yo.ka.tta./to.tte.mo./ma.n.zo.ku.da.tta.

價格和服務都很好，我很滿意。

相關短句

至福（しふく）の時（とき）です。

shi.fu.ku.no./to.ki.de.su.

最幸福的時刻。

これで思（おも）い残（のこ）すことはない。

ko.re.de./o.mo.i.no.ko.su.ko.to.wa./na.i.

這麼一來就沒有遺憾了。

楽(たの)しみだね

ta.no.shi.mi.da.ne.

很期待

説明

表示期待，較禮貌的說法是「楽(たの)しみにしています」。

會話

A：あの俳優(はいゆう)の新作(しんさく)が決(き)まったって。

a.no.ha.i.yu.u.no./shi.n.sa.ku.ga./ki.ma.tta.tte.

聽說那個演員已經決定下一部作品了。

B：本当(ほんとう)？楽(たの)しみだね！

ho.n.to.u./ta.no.shi.mi.da.ne.

真的嗎？我很期待。

相關短句

楽(たの)しみにしています。

ta.no.shi.mi.ni.shi.te.i.ma.su.

我很期待。

今(いま)から楽(たの)しみにしています。

i.ma.ka.ra./ta.no.shi.mi.ni./shi.te.i.ma.su.

從現在就開始期待。

Track 094

ちょうどよかった

cho.u.do.yo.ka.tta.

剛好

說明

表示巧合、正好。

會話

A：今(いま)、田中(たなか)くんに電話(でんわ)しようと思(おも)ったところで、ちょうどよかった。

i.ma./ta.na.ka.ku.n.ni./de.n.wa.shi.yo.u.to./o.mo.tta.to.ko.ro.de./cho.u.do.yo.ka.tta.

我正想打電話給你，剛好你就打來了。

B：そうだよ、待(ま)ちくたびれたからこっちから電話(でんわ)したの。

so.u.da.yo./ma.chi.ku.ta.bi.re.ta.ka.ra./ko.cchi.ka.ra.de.n.wa.shi.ta.no.

對啊，我等好久於是就自己打過來。

相關短句

偶然(ぐうぜん)だね。

gu.u.ze.n.da.ne.

真巧。

以心伝心(いしんでんしん)だ。

i.shi.n.de.n.shi.n.da.

真是心電感應。

Track 095

気が楽になった

ki.ga.ra.ku.ni.na.tta.

輕鬆多了

説明

表示原本心情沉重，但現在已變得較輕鬆、看開了。

會話

A：試験に落ちたって聞いたけど、大丈夫？

shi.ke.n.ni./o.chi.ta.tte./ki.i.ta.ke.do./da.i.jo.u.bu.

我聽説你落榜了，還好吧？

B：最初はつらかったけど、先生に相談してから、少し気が楽になったんだ。

sa.i.sho.wa./tsu.ra.ka.tta.ke.do./se.n.se.i.ni.so.u.da.n.shi.te.ka.ra./su.ko.shi./ki.ga.ra.ku.ni.na.tta.n.da.

一開始很痛苦，但和老師談過之後，就輕鬆多了。

相關短句

ホッとした。

ho.tto.shi.ta.

鬆了一口氣。

すっきりした。

su.kki.ri.shi.ta.

舒坦多了。

Track 095

そう言(い)ってくれるとうれしい

so.u.i.tte.ku.re.ru.to./u.re.shi.i.

很高興聽你這麼說

説明

表示對方説的話，讓自己感到欣慰。

會話

A：手伝(てつだ)ってあげようか。

te.tsu.da.tte.a.ge.yo.u.ka.

讓我來幫你吧。

B：そう言(い)ってくれるとうれしいよ。気持(きも)ちだけ受(う)け取(と)っておくね。

so.u.i.tte.ku.re.ru.to./u.re.shi.i.yo./ki.mo.chi.da.ke./u.ke.to.tte.o.ku.ne.

你這麼説我很高興，你的好意我心領了。

相關短句

嬉(うれ)しい事(こと)言(い)ってくれたね。

u.re.shi.i./ko.to.i.tte.ku.re.ta.ne.

很高興聽你這麼説。

そう言(い)ってもらえると嬉(うれ)しいよ。

so.u.i.tte./mo.ra.e.ru.to./u.re.si.i.yo.

很高興聽你這麼説。

Track 096

よかった

yo.ka.tta.

還好／好險

説明

原本預想事情會有不好的結果，或是差點就鑄下大錯，但還好事情是好的結果，就可以用這個句子來表示自己鬆了一口氣，剛才真是好險的意思。

會話

A：エリちゃん、無事(ぶじ)だったのか。

e.ri.cha.n./bu.ji.da.tta.no.ka.

惠理，還好你沒事！

B：よかった。心配(しんぱい)したのよ。

yo.ka.tta./shi.n.pa.i.shi.ta.no.yo.

太好了，我原本很擔心。

相關短句

間(ま)に合(あ)ってよかったね。

ma.ni.a.tte.yo.ka.tta.ne.

還好來得及。

日本(にほん)に来(き)てよかった。

ni.ho.n.ni.ki.te.yo.ka.tta.

還好有來日本。

Track 096

忘(わす)れてしまった

wa.su.re.te./shi.ma.tta.

忘了

説明

表示不小心做了某件事，會用「～てしまった」的句型。

會話

A：パスワードを忘(わす)れてしまった。

pa.su.wa.a.do.o./wa.su.re.te./shi.ma.tta.

我不小心忘記密碼了。

B：大文字(おおもじ)と小文字(こもじ)正(ただ)しく入力(にゅうりょく)してる？

o.o.mo.ji.to./ko.mo.ji./ta.da.shi.ku./nyu.u.ryo.ku.shi.te.ru.

大小寫輸入正確嗎？

相關短句

忘(わす)れちゃった。

wa.su.re.cha.tta.

忘記了。

ど忘(わす)れ。

do.wa.su.re.

一時想不起來。

Track 097

どうしよう

do.u.shi.yo.u.

怎麼辦

說明

表示不知如何是好。

會話

A：試験(しけん)に落(お)ちちゃった。どうしよう？

shi.ke.n.ni./o.chi.cha.tta./do.u.shi.yo.u.

我落榜了，怎麼辦？

B：だから言(い)ったじゃない。もっと勉強(べんきょう)しろって。

da.ka.ra./i.tta.ja.na.i./mo.tto.be.n.kyo.u.shi.ro.tte.

我當初不是説過了嗎？叫你要再努力一點。

相關短句

どうしたらよいものか？

do.u.shi.ta.ra./yo.i.mo.no.ka.

該怎麼辦才好？

これからどうする？

ko.re.ka.ra.do.u.su.ru.

今後該怎麼辦？／接下來怎麼辦？

Track 097

かわいそうに

ka.wa.i.so.u.ni.

真可憐

說明

表示憐憫。

會話

A：あ、小鳥が巣から落ちた。

a./ko.to.ri.ga./su.ka.ra./o.chi.ta.

啊，幼鳥從巢上掉下來了。

B：あら、かわいそうに。

a.ra./ka.wa.i.so.u.ni.

唉呀，真可憐。

相關短句

お気の毒です。

o.ki.no.do.ku.de.su.

真是同情你。

不憫でならない。

fu.bi.n.de.na.ra.na.i.

實在覺得（對方）很可憐。

嫌(いや)になったよ

i.ya.ni.na.tta.yo.

厭煩了

說明

表示已經厭煩了。

會話

A：どうしてそんなに元気(げんき)ないの？

do.u.shi.te./so.n.na.ni./ge.n.ki.na.i.no.

怎麼這麼沒精神？

B：明日(あした)また仕事(しごと)だ。もう嫌(いや)になったよ。

a.shi.ta.ma.ta./shi.go.to.da./mo.u.i.ya.ni./na.tta.yo.

明天又要上班，我覺得好煩。

相關短句

もう嫌(いや)だ。

mo.u./i.ya.da.

真是夠了。

もう飽(あ)き飽(あ)きだ。

mo.u./a.ki.a.ki.da.

已經厭煩了。

Track 098

残念だね

za.n.ne.n.da.ne.

真可惜

説明

表示遺憾。

會話

A：あの選手、実力あるのに、引退するって。

a.no.se.n.shu./ji.tsu.ryo.ku.a.ru.no.ni./i.n.ta.i.su.ru.tte.

那位運動員很有實力，卻要退休了。

B：彼のプレイもう見られないなんて残念だ。

ka.re.no.pu.re.i.mo.u./mi.ra.re.na.i.na.n.te./za.n.ne.n.da.

不能再看到他的球技實在很可惜。

相關短句

惜しい。

o.shi.i.

可惜。／差一點。

完成を見届けられないのが心残りだ。

ka.n.se.i.o./mi.to.do.ke.ra.re.na.i.no.ga./ko.ko.ro.no.ko.ri.da.

無法看到最後完成的階段，實在很可惜。

Track 099

興味ない

kyo.u.mi.na.i.

沒興趣

説明

表示沒有興趣。

會話

A：田中くんとあきみちゃんが結婚するんだって。

ta.na.ka.ku.n.to./a.ki.mi.cha.n.ga./ke.kko.n.su.ru.n.da.tte.

聽説田中和明美要結婚了。

B：そう？興味ないね。

so.u./kyo.u.mi.na.i.ne.

是嗎？但我對這件事沒興趣耶。

相關短句

気のりがしない。

ki.no.ri.ga.shi.na.i.

沒興趣。

気が進まない。

ki.ga.su.su.ma.na.i.

沒興趣。

Track 099

後悔してるんだ

ko.u.ka.i.shi.te.ru.n.da.

很後悔

説明

表示後悔。

會話

A：学生時代に留学しとけばよかった。今後悔してるんだ。

ga.ku.se.i.ji.da.i.ni./ryu.u.ga.ku.shi.to.ke.ba./yo.ka.tta./i.ma.ko.u.ka.i.shi.te.ru.n.da.

要是學生時代去留學就好了，我現在覺得好後悔。

B：今更後悔しても仕方ないよ。

i.ma.sa.ra./ko.u.ka.i.shi.te.mo./shi.ka.ta.na.i.yo.

就算現在後悔也於事無補啊。

相關短句

悔やんでも取り返しがつかない。

ku.ya.n.de.mo./to.ri.ka.e.shi.ga.tsu.ka.na.i.

後悔莫及。

悔しい。

ku.ya.shi.i.

真不甘心。

Track 100

悔(くや)しくてたまらない

ku.ya.shi.ku.te./ta.ma.ra.na.i.

十分不甘心

説明

用於心有不甘，十分不甘心的情況。

會話

A：怪我(けが)で試合(しあい)に出(で)られないんだ。悔(くや)しくてたまらない。

ke.ga.de./shi.a.i.ni./de.ra.re.na.i.n.da./ku.ya.shi.ku.te./ta.ma.ra.na.i.

因為受傷所以不能比賽，真的很不甘心。

B：気持(きもち)は良くわかるけど、今(いま)は治療(ちりょう)に専念(せんねん)して。

ki.mo.chi.wa.yo.ku.wa.ka.ru.ke.do./i.ma.wa./chi.ryo.u.ni./se.n.ne.n./shi.te.

我了解你的心情，但現在還是先專心治療吧。

相關短句

地団駄(じたんだ)を踏(ふ)んで悔(くや)しがる。

ji.ta.n.da.o./fu.n.de.ku.ya.shi.ga.ru.

非常不甘心。

期待(きたい)した自分(じぶん)が腹立(はらだ)たしい。

ki.ta.i.shi.ta.ji.bu.n.ga./ha.ra.da.ta.shi.i.

對曾經抱有期待的自己感到生氣。

Track 100

ついていない

tsu.i.te.i.na.i.

不走運

說明

表示不走運，很倒霉。

會話

A：風邪(かぜ)も引(ひ)いたし、財布(さいふ)もなくしたし、今日(きょう)はついていないな。

ka.ze.mo.hi.i.ta.shi./sa.i.fu.mo.na.ku.shi.ta.shi./kyo.u.wa./tsu.i.te.i.na.i.na.

感冒了，錢包也不見，今天真不走運。

B：あら、かわいそうに。

a.ra./ka.wa.i.so.u.ni.

唉呀，真是可憐。

相關短句

運(うん)が悪(わる)い。

u.n.ga.wa.ru.i.

運氣不好。

不運(ふうん)な目(め)にあった。

fu.u.n.na./me.ni.a.tta.

不走運。

胸が痛かった

mu.ne.ga.i.ta.ka.tta.

很心疼

説明

表示心痛、不忍。

會話

A：課長のお見舞いに行った？

ka.cho.u.no./o.mi.ma.i.ni./i.tta.

你去探望課長了嗎？

B：うん。苦しんでいる姿を見て胸が痛かったよ。

u.n./ku.ru.shi.n.de.i.ru.su.ga.ta.o.mi.te./mu.ne.ga./i.ta.ka.tta.yo.

去了，看到課長痛苦的模樣，覺得很心疼。

相關短句

心が痛む。

ko.ko.ro.ga.i.ta.mu.

心情很沉痛。

胸が締め付けられる。

mu.ne.ga./shi.me.tsu.ke.ra.re.ru.

心糾在一起。

Track 101

悩(なや)んでいる

na.ya.n.de.i.ru.

很煩惱

説明

表示為了某件事而煩惱。

會話

A：新(あたら)しく出(で)たタブレットを買(か)うの？

a.ta.ra.shi.ku./de.ta.ta.bu.re.tto.o./ka.u.no.

你要買新出的平板電腦嗎？

B：うん…まだ悩(なや)んでる。

u.n./ma.da.na.ya.n.de.ru.

嗯…我還在煩惱買不買。

相關短句

頭(あたま)を抱(かか)えてる。

a.ta.ma.o./ka.ka.e.te.ru.

很苦惱。

悩(なや)みに悩(なや)む。

na.ya.mi.no./na.ya.mu.

十分苦惱。

Track 102

泣けてきた

na.ke.te.ki.ta.

感動得想哭

説明

用於覺得感人的情況。

會話

A：この歌、覚えてる？

ko.no.u.ta./o.bo.e.te.ru.

你還記得這首歌嗎？

B：もちろん、懐かしくて泣けてきた。

mo.chi.ro.n./na.tsu.ka.shi.ku.te./na.ke.te.ki.ta.

當然，真是懷念，都想哭了。

相關短句

涙が出てきた。

na.mi.da.ga./de.te.ki.ta.

流下淚來。

泣ける。

na.ke.ru.

賺人熱淚。

まいった

ma.i.tta.

甘拜下風／敗給你了

說明

當比賽的時候想要認輸時，就可以用這句話來表示。另外拗不對方，不得已只好順從的時候，也可以用「まいった」來表示無可奈何。

會話

A：まいったな。君(きみ)に頼(たの)むしかないな。

ma.i.tta.na./ki.mi.ni./ta.no.mu.shi.ka.na.i.na.

我沒輒了，只好交給你了。

B：任(まか)せてよ！

ma.ka.se.te.yo.

交給我吧。

相關短句

ああ、痛(いた)い。まいった！

a.a./i.ta.i./ma.i.tta.

好痛喔，我認輸了。

まいりました。

ma.i.ri.ma.shi.ta.

甘拜下風。

Track 103

まさか

ma.sa.ka.

不會吧

說明

表示意想不到的情況。

會話

A：彼が１位を取ったそうだ。

ka.re.ga./i.chi.i.o.to.tta.so.u.da.

他好像得了第１名。

B：まさか！

ma.sa.ka.

不會吧！

相關短句

思いがけない。

o.mo.i.ga.ke.na.i.

沒想到。

予想外だ。

yo.so.u.ga.i.da.

出乎意料。

Track 103

仕方（しかた）ない

shi.ka.ta.na.i.

莫可奈何

説明

表示無可奈何。

會話

A：熱（ねつ）が出（で）てライブにはいけそうもない、ごめん。

ne.tsu.ga.de.te./ra.i.bu.ni.wa.i.ke.so.u.mo.na.i./go.me.n.

我發燒了所以不能去演唱會，對不起。

B：いいよ、仕方（しかた）ないから。また今度一緒（こんどいっしょ）に行（い）こうね。

i.i.yo./shi.ka.ta.na.i.ka.ra./ma.ta.ko.n.do./i.ssho.ni./i.ko.u.ne.

沒關係，這也是沒辦法的事。下次再一起去吧。

相關短句

どうしようもない。

do.u.shi.yo.u.mo.na.i.

無能為力。／莫可奈何。

予期（よき）しない出来事（できごと）。

yo.ki.shi.na.i.de.ki.ko.to.

出乎意料的事情。

Track 104

ハラハラした

ha.ra.ha.ra.shi.ta.

捏了把冷汗

説明

表示緊張，也可以説「ドキドキした」。

會話

A：先週の試合は本当にハラハラしたね。

se.n.shu.u.no./shi.a.i.wa./ho.n.to.u.ni./ha.ra.ha.ra.shi.ta.ne.

上星期的比賽真是讓人捏了把冷汗。

B：そうだよ、本当にいい試合だった。

so.u.da.yo./ho.n.to.u.ni./i.i.shi.a.i.da.tta.

對啊，真的是場很棒的比賽。

相關短句

気が気でない。

ki.ga.ki.de.na.i.

坐立難安。

いても立ってもいられない。

i.te.mo./ta.tte.mo/i.ra.re.na.i.

坐立難安。

羨(うらや)ましい

u.ra.ya.ma.shi.i.

真羨慕

說明

「～が羨(うらや)ましい」表示對某件事羨慕。

會話

A：かわいい子(こ)が羨(うらや)ましいよ。

ka.wa.i.i.ko.ga./u.ra.ya.ma.shi.i.yo.

我真羨慕長得可愛的女生。

B：顔(かお)より心(こころ)が重要(じゅうよう)じゃない？

ka.o.yo.ri./ko.ko.ro.ga./ju.u.yo.u.ja.na.i.

比起臉蛋，內心更重要不是嗎？

相關短句

あなたが羨(うらや)ましい。

a.na.ta.ga./u.ra.ya.ma.shi.i.

真羨慕你。

できる人(ひと)が羨(うらや)ましい。

de.ki.ru.hi.to.ga./u.ra.ya.ma.shi.i.

真羨慕能幹的人。

不安で仕方がない

fu.a.n.de./shi.ka.ta.ga.na.i.

十分不安

說明

表示十分不安。

會話

A：試験に落ちるんじゃないかと不安で仕方がない。

shi.ke.n.ni./o.chi.ru.n.ja.na.i.ka.to./fu.a.n.de./shi.ka.ta.ga.na.i.

我很擔心會不會落榜。

B：一生懸命勉強してるから、きっと大丈夫だよ。

i.ssho.u.ke.n.me.i./be.n.kyo.u.shi.te.ru.ka.ra./ki.tto.da.i.jo.u.bu.da.yo.

你已經很努力準備了，一定沒問題的。

相關短句

心配してる。

shi.n.pa.i.shi.te.ru.

擔心。

心細い。

ko.ko.ro.bo.so.i.

害怕。

Track 105

恥(は)ずかしい

ha.zu.ka.shi.i.

真丟臉

說明

覺得很不好意思，難為情。

會話

A：これやらなきゃだめ？

ko.re.ya.ra.na.kya.da.me.

不做不行嗎？

B：うん。

u.n.

沒錯。

A：うわ、どうしよう。恥(は)ずかしい！

u.wa./do.u.shi.yo.u./ha.zu.ka.shi.i.

哇，怎麼辦，好丟臉喔！

相關短句

情(なさ)けない。

na.sa.ke.na.i.

丟臉。

もったいない

mo.tta.i.na.i.

浪費／可惜

説明

表示浪費、可惜。

會話

Ａ：これ、わたしが焼(や)いたケーキ。
ko.re./wa.ta.shi.ga.ya.i.ta.ke.e.ki.
這是我自己烤的蛋糕。

Ｂ：うわ、かわいい。食(た)べるのがもったいないよ。
u.wa./ka.wa.i.i./ta.be.ru.no.ga./mo.tta.i.na.i.yo.
哇，好可愛喔。把它吃掉太可惜了。

相關短句

無駄(むだ)にした。
mu.da.ni.shi.ta.
浪費。

大事(だいじ)にしない。
da.ji.ni.shi.na.i.
不珍惜。

Track 106

怪しい

a.ya.shi.i.

很可疑／很奇怪

説明

用於表現事物很可疑、事有蹊蹺。

會話

A：お兄さん毎日帰りが遅くて、怪しいな。

o.ni.i.sa.n./ma.i.ni.chi.ka.e.ri.ga./o.so.ku.te./a.ya.shi.i.na.

哥哥最近每天都很晚歸，好奇怪喔。

B：直接聞いたら？

cho.ku.se.tsu.ki.i.ta.ra.

直接問他不就好了。

相關短句

信用できない。

shi.n.yo.u.de.ki.na.i.

不能相信。

疑わしい。

u.ta.ga.wa.shi.i.

可疑。

Track 107

胸が熱くなった

mu.ne.ga.a.tsu.ku.na.tta.

感動

説明

表示感動、心中有所感觸。

會話

A：あれ？泣いてるの？

a.re./na.i.te.ru.no.

咦？你在哭啊？

B：家族からのメールを読んだら胸が熱くなった。

ka.zo.ku.ka.ra.no./me.e.ru.o./yo.n.da.ra./mu.ne.ga.a.tsu.ku.na.tta.

我看了家人寄來的mail，覺得很感動。

相關短句

胸がいっぱいになった。

mu.ne.ga.i.ppa.i.ni.na.tta.

心中充滿感觸。

じんとした。

ji.n.to.shi.ta.

深受感動。

パニック状態(じょうたい)だった

pa.ni.kku.jo.u.ta.i.da.tta.

陷入一陣慌亂中

說明

表示陷入慌張的狀態。

會話

Ａ：昨日電話(きのうでんわ)したけど。なんで出(で)なかったの？

ki.no.u.de.n.wa.shi.ta.ke.do./na.n.de.de.na.ka.tta.no.

我昨天打電話給你，你怎麼沒接？

Ｂ：ごめん、仕事(しごと)でパニック状態(じょうたい)だった。

go.me.n./shi.go.to.de./pa.ni.kku.jo.u.ta.i.da.tta.

對不起，我因為工作所以處於慌亂之中。

相關短句

慌(あわ)ただしい空気(くうき)に包(つつ)まれる。

a.wa.ta.da.shi.i./ku.u.ki.ni./tsu.tsu.ma.re.ru.

充滿了慌亂的氣氛。

混乱(こんらん)に陥(おちい)った。

ko.n.ra.n.ni./o.chi.i.tta.

陷入一陣混亂。

本気(ほんき)なの

ho.n.ki.na.no.

你是認真的嗎

説明

「本気(ほんき)」是「當真」「認真的」的意思。

會話

A：私(わたし)がやります。

wa.ta.shi.ga./ya.ri.ma.su.

我來做。

B：えっ、本気(ほんき)なの？

e./ho.n.ki.na.no.

嗯？你是認真的嗎？

相關短句

冗談(じょうだん)でしょ？

jo.u.da.n./de.sho.

開玩笑的吧？

本当(ほんとう)？

ho.n.to.u.

真的嗎？

ショック
sho.kku.

受到打擊

說明

受到了打擊而感到受傷，或是發生了讓人感到震憾的事情，都可以用這個句子來表達自己嚇一跳、震驚、受傷的心情。

會話

A：恵美（えみ）、最近（さいきん）太（ふと）った？
e.mi./sa.i.ki.n.fu.to.tta.
惠美，你最近胖了嗎？

B：えっ？うそ！ショック！
e./u.so./sho.kku.
什麼？不會吧！真是大受打擊。

相關短句

つらいショックを受（う）けた。
tsu.ra.i.sho.kku.o./u.ke.ta.
受到痛苦的打擊。

へえ、ショック！
he.e./sho.kku.
什麼？真是震驚。

しまった

shi.ma.tta.

糟了

説明

做錯了事，或是發現忘了做什麼時，可以用這個句子來表示。相當於中文裡面的「糟了」、「完了」。

會話

A：しまった。宿題(しゅくだい)を家(いえ)に忘(わす)れちゃった。

shi.ma.tta./shu.ku.da.i.o./i.e.ni.wa.su.re.cha.tta.

糟了！我把功課放在家裡了。

B：明日(あした)出(だ)せばいいじゃない？

a.shi.ta./da.se.ba./i.i.ja.na.i.

明天交不就好了嗎？

相關短句

やってしまった。

ya.tte.shi.ma.tta.

糟了。／做錯了。

いけない。

i.ke.na.i.

糟了。

Track 109

その通(とお)り

so.no.to.o.ri.

正是如此

說明

「その通(とお)り」是用來表示完全同意對方、「事實正是如此」的意思。

會話

A：私(わたし)はそう思(おも)いますが。

wa.ta.shi.wa./so.u.o.mo.i.ma.su.ga.

我是這麼想的。

B：まったくもってその通(とお)り。

ma.tta.ku.mo.tte./so.no.to.o.ri.

我十分同意你的說法。

相關短句

まさにそれだ。

ma.sa.ni./so.re.da.

正是如此。

同感(どうかん)です。

do.u.ka.n.de.su.

我也有同感。

怖(こわ)かった

ko.wa.ka.tta.

很可怕

說明

「怖(こわ)い」是恐怖、可怕的意思，用來表達害怕，「怖(こわ)かった」則是它的過去式。

會話

A：あの遊園地(ゆうえんち)のお化け屋敷(やしき)はどうだった？

a.no./yu.u.e.n.chi.no./o.ba.ke.ya.shi.ki.wa./do.u.da.tta.

那個遊樂園的鬼屋怎麼樣？

B：すごく怖(こわ)かった！

su.go.ku./ko.wa.ka.tta.

很可怕！

相關短句

怖(こわ)くて眠(ねむ)れない。

ko.wa.ku.te./ne.mu.re.na.i.

害怕得睡不著。

怖(こわ)くてたまらない。

ko.wa.ku.te./ta.ma.ra.na.i.

害怕得不得了。

Track 110

寂(さび)しい

sa.bi.shi.i.

很寂寞

說明

「寂(さび)しい」表示「寂寞」「孤單」的意思。

會話

A：しばらく会(あ)えなくて寂(さび)しい。

shi.ba.ra.ku./a.e.na.ku.te./sa.bi.shi.i.

暫時不能見面，真寂寞。

B：本当(ほんとう)に国(くに)に帰(かえ)りたくないんだ。

ho.n.to.u.ni./ku.ni.ni./ka.e.ri.ta.ku.na.i.n.da.

真不想回國。

相關短句

1人残(ひとりのこ)されて寂(さび)しかった。

hi.to.ri./no.ko.sa.re.te./sa.bi.shi.ka.tta.

獨自被留下，感到很孤單。

彼(かれ)は寂(さび)しがり屋(や)です。

ka.re.wa./sa.bi.shi.ga.ri.ya.de.su.

他很怕孤單。

おめでとう
o.me.de.to.u.
恭喜

說明

「おめでとう」是恭喜的意思，用來表示祝賀。

會話

A：お誕生日(たんじょうび)おめでとう。
o.ta.n.jo.u.bi./o.me.de.to.u.
生日快樂。

B：うれしい。ありがとう。
u.re.shi.i./a.ri.ga.to.u.
好高興喔，謝謝你。

相關短句

ご結婚(けっこん)おめでとうございます。
go.ke.kko.n./o.me.de.to.u./go.za.i.ma.su.
恭喜你結婚了。

卒業(そつぎょう)おめでとう。
so.tsu.gyo.u./o.me.de.to.u.
恭喜畢業。

身體狀況篇

風邪薬ありますか

ka.ze.gu.su.ri./a.ri.ma.su.ka.

有感冒藥嗎

説明

身體不舒服，要找藥品時，可以問「薬ありますか」。感冒藥是「風邪薬」；頭痛藥則是「頭痛薬」。

會話

A：風引いちゃったみたいで、風邪薬ありますか？

ka.ze./hi.i.cha.tta./mi.ta.i.de./ka.ze.gu.su.ri./a.ri.ma.su.ka.

我好像感冒了，有感冒藥嗎？

B：どうぞ。大丈夫ですか？

do.u.zo./da.i.jo.u.bu.de.su.ka.

在這裡，你還好吧？

相關短句

頭痛薬ありますか？

zu.tsu.u.ya.ku./a.ri.ma.su.ka.

有頭痛藥嗎？

目薬が欲しいです。

me.gu.su.ri.ga./ho.shi.i.de.su.

我想要眼藥水。

Track 112

食べ過ぎた

ta.be.su.gi.ta.

吃太多了

說明

「~すぎた」是「太多」、「超過」的意思，前面加上了動詞，就是該動作已經超過了正常的範圍了。如「テレビ見すぎた」就是看太多電視了。

會話

A：今日も食べ過ぎた。
kyo.u.mo./ta.be.su.gi.ta.
今天又吃太多了。

B：大丈夫。ダイエットは明日から。
da.i.jo.u.bu./da.i.e.tto.wa./a.shi.ta.ka.ra.
沒關係啦，減肥從明天開始。

相關短句

飲み過ぎた。
no.mi.su.gi.ta.
喝太多（酒）了。

髪の毛が長すぎる。
ka.mi.no.ke.ga./na.ga.su.gi.ru.
頭髮太長了。

Track 113

記憶(きおく)が飛(と)んじゃって

ki.o.ku.ga./to.n.ja.tte.

失去了記憶

説明

表示想不起來，失去了記憶。

會話

A：昨日(きのう)の飲(の)み会(かい)、どうだった？

ki.no.u.no./no.mi.ka.i./do.u.da.tta.

昨天的聚會怎麼樣？

B：いや、記憶(きおく)が飛(と)んじゃって。何(なに)も覚(おぼ)えてないのよ。

i.ya./ki.o.ku.ga./to.n.ja.tte./na.ni.mo./o.bo.e.te.na.i.no.yo.

我喝到失去了記憶，什麼都記不得。

相關短句

意識(いしき)を失(うしな)った。

i.shi.ki.o./u.shi.na.tta.

失去意識。／昏倒。

意識(いしき)が曇(くも)った。

i.shi.ki.ga./ku.mo.tta.

意識模糊。

Track 113

お腹を壊した

なか　こわ

o.na.ka.o./ko.wa.shi.ta.

拉肚子

説明

用於吃壞了肚子，腹瀉的情況。

會話

A：お腹を壊したみたい。

o.na.ka.o./ka.wa.shi.ta.mi.ta.i.

我好像吃壞了肚子。

B：えっ？大丈夫？

e./da.i.jo.u.bu.

什麼？還好吧？

相關短句

腹具合が悪くなった。

ha.ra.gu.ra.i.ga./wa.ru.ku.na.tta.

肚子不舒服。

お腹を壊してしまい、大変苦しいです。

o.na.ka.o./ko.wa.shi.te.shi.ma.i./ta.i.he.n./ku.ru.shi.i.de.su.

吃壞了肚子，很痛苦。

吐き気がしてきた

ha.ki.ke.ga.shi.te.ki.ta.

想吐

説明

表示想吐，身體不舒服。

會話

A：顔色が良くないけど、大丈夫？

ka.o.i.ro.ga/yo.ku.na.i.ke.do./da.i.jo.u.bu.

你氣色不太好，還好吧？

B：船酔いで吐き気がしてきた。

fu.na.yo.i.de./ha.ki.ke.ga.shi.te.ki.ta.

我暈船所以想吐。

相關短句

胸焼けがする。

mu.ne.ya.ke.ga.su.ru.

想吐。

ムカムカする。

mu.ka.mu.ka.su.ru.

想吐。

Track 114

痛(いた)い
i.ta.i.

很痛

說明

覺得很痛的時候，可以說出這個句子，表達自己的感覺。除了實際的痛之外，心痛「胸(むね)が痛(いた)い」、痛處「痛(いた)いところ」、感到頭痛「頭(あたま)がいたい」，也都是用這個字來表示。

會話

A：どうしたの？
do.u.shi.ta.no.
怎麼了？

B：のどが痛(いた)い。
no.do.ga./i.ta.i.
喉嚨好痛。

相關短句

お腹(なか)が痛(いた)い。
o.na.ka.ga./i.ta.i.
肚子痛。

目(め)が痛(いた)いです。
me.ga./i.ta.i.
眼睛痛。

気持ち悪い

ki.mo.chi.wa.ru.i.

覺得不舒服／噁心

說明

「気持ち」是心情、感覺的意思，後面加上適當的形容詞，像是「いい」「わるい」就可以表達自己的感覺。

會話

A：ケーキを五つ食べた。ああ、気持ち悪い。

ke.e.ki.o./i.tsu.tsu.ta.be.ta./ki.mo.chi.wa.ru.i.

我吃了五個蛋糕，覺得好不舒服喔！

B：食べすぎだよ。

ta.be.su.gi.da.yo.

你吃太多了啦！

相關短句

少し気持ち悪いんです。

su.ko.shi.ki.mo.chi.wa.ru.i.n.de.su.

覺得有點噁心。

気分が悪い。

ki.bu.n.ga.wa.ru.i.

覺得噁心。

Track 115

お腹(なか)がすいて死(し)にそう

o.na.ka.ga.su.i.te./shi.ni.so.u.

肚子餓到不行

說明

肚子餓、肚子痛，都是用「お腹(なか)」，不特別指胃或是腸，相當於是中文裡的「肚子」。

會話

A：ただいま。お腹(なか)がすいて死(し)にそう。
ta.da.i.ma./o.na.ka.ga.su.i.te./shi.ni.so.u.
我回來了，肚子餓到不行。

B：はい、はい。ご飯(はん)できたよ。
ha.i./ha.i./go.ha.n.de.ki.ta.yo.
好啦，飯菜已經好了。

相關短句

お腹(なか)がすきました。
o.na.ka.ga./su.ki.ma.shi.ta.
肚子餓了。

腹(はら)減(へ)った。
ha.ra.he.tta.
我肚子餓了。

Track 116

病院(びょういん)に連(つ)れて行(い)ってください

byo.u.i.n.ni./tsu.re.te./i.tte./ku.da.sa.i.

請帶我去醫院

說明

請別人帶自己去某個地方時，可以說「～に連(つ)れて行(い)ってください」。請人帶自己去醫院則是「病院(びょういん)に連(つ)れて行(い)ってください」。

會話

A：頭(あたま)が痛(いた)くて死(し)にそうです。病院(びょういん)に連(つ)れて行(い)ってください。

a.ta.ma.ga./i.ta.ku.te./shi.ni.so.u.de.su./byo.u.i.n.ni./tsu.re.te./i.tte./ku.da.sa.i.

我頭痛得不得了，請帶我去醫院。

B：大丈夫(だいじょうぶ)ですか？救急車(きゅうきゅうしゃ)を呼(よ)びましょうか？

da.i.jo.u.bu.de.su.ka./kyu.u.kyu.u.sha.o./yo.bi.ma.sho.u.ka.

還好嗎？要不要叫救護車？

相關短句

近(ちか)くの病院(びょういん)はどこですか？

chi.ka.ku.no./byo.u.i.n.wa./do.ko.de.su.ka.

最近的醫院是哪一間？

Track 116

指(ゆび)を切(き)ってしまった

yu.bi.o./ki.tte./shi.ma.tta.

切到手指

説明

不小心割傷，會用「～を切(き)ってしまった」。

會話

A：痛(いた)っ！

i.ta.

好痛！

B：どうしたの？

do.u.shi.ta.no.

怎麼了？

A：指(ゆび)を切(き)ってしまった。

yu.bi.o./ki.tte./shi.ma.tta.

我不小心切到手指了。

相關短句

骨折(こっせつ)してしまいました。

ko.sse.tsu.shi.te./shi.ma.i.ma.shi.ta.

骨折了。

Track 117

少し熱があります

su.ko.shi./ne.tsu.ga./a.ri.ma.su.

有點發燒

説明

「熱があります」是發燒的意思，也可以説「熱が出ます」。

會話

A：どうしましたか？

do.u.shi.ma.shi.ta.ka.

怎麼了？

B：昨日から頭が痛くて、熱も少しあります。

ki.no.u.ka.ra./a.ta.ma.ga./i.ta.ku.te./ne.tsu.mo./su.ko.shi./a.ri.ma.su.

昨天開始就頭痛，還有一點發燒。

相關短句

微熱があります。

bi.ne.tsu.ga./a.ri.ma.su.

有點發燒。

高熱が続いています。

ko.u.ne.tsu.ga./tsu.zu.i.te.i.ma.su.

持續發高燒。

元気(げんき)がないね

ge.n.ki.ga./na.i.ne.

看起來沒精神

說明

覺得對方看起來沒精神時，會說「元気(げんき)がないね」來表示。

會話

A：元気(げんき)がないね。どうしたの？

ge.n.ki.ga./na.i.ne./do.u.shi.ta.no.

你看起來沒什麼精神，怎麼了？

B：風邪(かぜ)引(ひ)いちゃったの。

ka.ze.hi.i.cha.tta.no.

我感冒了。

相關短句

大丈夫(だいじょうぶ)？

da.i.jo.u.bu.

還好吧？

顔色(かおいろ)悪(わる)いね。

ka.o.i.ro./wa.ru.i.ne.

你氣色好差喔。

史上最讚的
日語會話速成班

休閒活動篇

どんなスポーツが好(す)きですか

do.n.na./su.po.o.tsu.ga./su.ki.de.su.ka.

喜歡什麼運動

説明

「どんな～が好(す)きですか」是問喜歡哪一種東西。

會話

A：木村(きむら)さんはどんなスポーツが好(す)きですか？

ki.mu.ra.sa.n.wa./do.n.na./su.po.o.tsu.ga./su.ki.de.su.ka.

木村先生，你喜歡什麼運動？

B：テニスが好(す)きです。

te.ni.su.ga./su.ki.de.su.

我喜歡網球。

相關短句

得意(とくい)なスポーツはなんですか？

to.ku.i.na./su.po.o.tsu.wa./na.n.de.su.ka.

你擅長的運動是什麼？

スキーが好(す)きですか？

su.ki.i.ga./su.ki.de.su.ka.

你喜歡滑雪嗎？

Track 118

まいにちりょうり
毎日料理しますか

ma.i.ni.chi./ro.u.ri.shi.ma.su.ka.

每天做菜嗎

說明

まいにち
「毎日～しますか」是問每天的習慣，也可
まいにち
以說「毎日～していますか」。

會話

たなか　まいにちりょうり
A：田中さんは毎日料理しますか？

ta.na.ka.sa.n.wa./ma.i.ni.chi./ryo.u.ri.shi.ma.su.ka.

田中先生，你每天都做菜嗎？

まいにち　しゅう
B：いいえ、毎日じゃありません。週に1
かい　かい
回か2回ぐらいです。

i.i.e./ma.i.ni.chi.ja./a.ri.ma.se.n./shu.u.ni./i.kka.i.ka./ni.ka.i./gu.ra.i.de.su.

不，不是每天，一星期1到2次。

相關短句

まいにちそうじ
毎日掃除しますか？

ma.i.ni.chi./so.u.ji.shi.ma.su.ka.

每天打掃嗎？

まいにちうんどう
毎日運動しますか？

ma.i.ni.chi./u.n.do.u.shi.ma.su.ka.

每天運動嗎？

かなりはまってるみたいだね

ka.na.ri./ha.ma.tte.ru.mi.ta.i.da.ne.

你好像很沉迷

説明

「はまってる」表示十分熱衷在某件事情上，也可以説「夢中（むちゅう）になってる」。

會話

A：フランス映画（えいが）にかなりはまってるみたいだね。

fu.ra.n.su.e.i.ga.ni./ka.na.ri./ha.ma.tte.ru.mi.ta.i.da.ne.

你好像很沉迷法國電影。

B：うん。ここに出（で）てくるセリフ、全部（ぜんぶ）覚（おぼ）えたよ。

u.n./ko.ko.ni.de.te.ku.ru.se.ri.fu./ze.n.bu.o.bo.e.ta.yo.

對啊，這裡出現的台詞，我全都記得唷。

相關短句

夢中（むちゅう）になってる。

mu.chu.u.ni.na.tte.ru.

熱衷。

テニスに熱中（ねっちゅう）している。

te.ni.su.ni./ne.cchu.u.shi.te.i.ru.

熱衷於網球。

Track 119

日本(にほん)の歴史(れきし)に興味(きょうみ)があります

ni.ho.n.no./re.ki.shi.ni./kyo.u.mi.ga./a.ri.ma.su.

我對日本的歷史很有興趣

説明

「～に興味(きょうみ)があります」是表示對某件事有興趣。

會話

A：歴史(れきし)が好(す)きですか？

re.ki.shi.ga./su.ki.de.su.ka.

你喜歡歷史嗎？

B：はい、日本(にほん)の歴史(れきし)に興味(きょうみ)があります。

ha.i./ni.ho.n.no./re.ki.shi.ni./kyo.u.mi.ga./a.ri.ma.su.

是的，我對日本的歷史很有興趣。

相關短句

最近(さいきん)では今(いま)まで興味(きょうみ)がなかった昼(ひる)ドラにもはまっています。

sa.i.ki.n.de.wa./i.ma.ma.de./kyo.u.mi.ga./na.ka.tta./hi.ru.do.ra.ni.mo./ha.ma.tte.i.ma.su.

最近迷上了以前沒興趣的午間連續劇。

楽（たの）しんでいます
ta.no.shi.n.de./i.ma.su.

享受在…／樂於…

說明

「楽（たの）しんでいます」是表示很熱中、快樂地做某件事情。

會話

A：休（やす）みの日（ひ）にいつも何（なに）をしますか？
ya.su.mi.no.hi.ni./i.tsu.mo./na.ni.o./shi.ma.su.ka.
假日通常都做什麼呢？

B：休日（きゅうじつ）にネットショッピングでお買物（かいもの）を楽（たの）しんでいます。
kyu.u.ji.tsu.ni./ne.tto.sho.ppi.n.gu.de./o.ka.i.mo.no.o./ta.no.shi.n.de.i.ma.su.
假日都沉迷於網購。

相關短句

趣味（しゅみ）はゲームなのですが、夜中（よなか）までやってしまい、翌日（よくじつ）の仕事（しごと）がとてもつらいです。
shu.mi.wa./ge.e.mu.na.no.de.su.ga./yo.na.ka.ma.de./ya.tte.shi.ma.i./yo.ku.ji.tsu.no./shi.go.to.ga./to.te.mo./tsu.ra.i.de.su.
我的興趣是打電動，總是不小心玩到半夜，第二天上班很痛苦。

好(す)きです
su.ki.de.su.

喜歡

說明

無論是對於人、事、物，都可用「好き」來表示自己很中意這樣東西。用在形容人的時候，有時候也有「愛上」的意思。

會話

A：作家(さっか)で一番(いちばん)好(す)きなのは誰(だれ)ですか？
sa.kka.de./i.chi.ba.n.su.ki.na.no.wa./da.re.de.su.ka.
你最喜歡的作家是誰？

B：奥田英朗(おくだひでお)が大好(だいす)きです。
o.ku.da.hi.de.o.ga./da.i.su.ki.de.su.
我最喜歡奥田英朗。

相關短句

日本料理(にほんりょうり)が大好(だいす)き！
ni.ho.n.ryo.u.ri.ga./da.i.su.ki.
我最喜歡日本菜。

泳(およ)ぐことが好(す)きです。
o.yo.gu.ko.to.ga./su.ki.de.su.
我喜歡游泳。

上手（じょうず）ですね
jo.u.zu.de.su.ne.
很厲害／做得很好

説明

事情做得很好的意思，「～が上手（じょうず）です」就是很會做某件事的意思。另外稱讚人很厲害也可用「うまい」這個字，比較正式有禮貌的講法就是「上手（じょうず）です」。

會話

A：日本語（にほんご）が上手（じょうず）ですね。
ni.ho.n.go.ga./jo.u.zu.de.su.ne.
你的日文真好呢！

B：いいえ、まだまだです。
i.i.e./ma.da.ma.da.de.su.
不，還差得遠呢！

相關短句

凄（すご）いですね。
su.go.i.de.su.ne.
真厲害。

歌（うた）がうまいですね。
u.ta.ga./u.ma.i.de.su.ne.
歌唱得真好。

Track 121

習(なら)っています

na.ra.tte./i.ma.su.

正在學習

説明

「習(なら)っています」是指正在學習某項技術或才藝。

會話

A：ギターが弾(ひ)けますか？

gi.ta.a.ga./hi.ke.ma.su.ka.

你會彈吉他嗎？

B：ええ、基本(きほん)コードの演奏(えんそう)を習(なら)っています。

e.e./ki.ho.n./ko.o.do.no./e.n.so.u.o./na.ra.tte./i.ma.su.

對，現在在學基本的合弦。

相關短句

昔(むかし)はピアノのレッスンも受(う)けていました。

mu.ka.shi.wa./pi.a.no.no./re.ssu.n.mo./u.ke.te.i.ma.shi.ta.

以前也上過鋼琴課。

史上最讚的
日語會話速成班

交通
方位
篇

駅（えき）はどこですか

e.ki.wa./do.ko.de.su.ka.

車站在哪裡

說明

詢問位置時最常用的就是「どこ」，也就是「哪裡」的意思。主要句型是「～はどこですか」。

會話

A：すみません。駅（えき）はどこですか？

su.mi.ma.se.n./e.ki.wa./do.ko.de.su.ka.

不好意思，請問車站在哪裡？

B：そこにある一番高（いちばんたか）いビルです。

so.ko.ni.a.ru./i.chi.ba.n./ta.ka.i.bi.ru.de.su.

那邊最高的建築物就是了。

相關短句

ここはなんという駅（えき）ですか？

ko.ko.wa./na.n.to.i.u.e.ki.de.su.ka.

這站的站名是什麼？

タクシー乗（の）り場（ば）はどこですか？

ta.ku.shi.i./no.ri.ba.wa./do.ko.de.su.ka.

請問計程車招呼站在哪裡？

Track 122

歩(ある)いて行(い)けますか

a.ru.i.te./i.ke.ma.su.ka.

用走的到得了嗎

説明

詢問目的地是否能用步行的方式到達。

會話

A：博物館(はくぶつかん)まで歩(ある)いて行(い)けますか？

ha.ku.bu.tsu.ka.n.ma.de./a.ru.i.te./i.ke.ma.su.ka.

要去博物館的話，用走的到得了嗎？

B：はい、5分(ふん)くらいです。

ha.i./go.fu.n./ku.ra.i.de.su.

可以，大約走 5 分鐘。

相關短句

歩(ある)いてどのくらいかかりますか？

a.ru.i.te./do.no.ku.ra.i./ka.ka.ri.ma.su.ka.

用走的大概要花多久時間？

バスで行(い)けますか？

ba.su.de./i.ke.ma.su.ka.

坐公車到得了嗎？

Track 123

ホテルまで何分（なんぷん）くらいかかりますか

ho.te.ru.ma.de./na.n.bu.n.ku.ra.i./ka.ka.ri.ma.su.ka.

到飯店需要幾分鐘

説明

「～何分（なんぷん）くらいかかりますか」是詢問「要花多少時間」；而「～まで何分（なんぷん）くらいかかりますか」是詢問到某處，需要花多少時間。

會話

A：ホテルまで何分（なんぷん）くらいかかりますか？
ho.te.ru.ma.de./na.n.bu.n.ku.ra.i./ka.ka.ri.ma.su.ka.
到飯店需要幾分鐘？

B：20分（ぷん）くらいです。
ni.ji.ppu.n./ku.ra.i.de.su.
大約需要20分鐘。

相關短句

だいたいどのくらいの金額（きんがく）ですか？
da.i.ta.i./do.no.ku.ra.i.no./ki.n.ga.ku.de.su.ka.
（到目的地）大約需要多少錢？

バスの運賃（うんちん）はおいくらですか？
ba.su.no./u.n.chi.n.wa./o.i.ku.ra.de.su.ka.
公車的票錢是多少？

Track 123

清水寺（きよみずでら）にとまりますか

ki.yo.mi.zu.te.ra.ni./to.ma.ri.ma.su.ka.

會停清水寺嗎

説明

「とまります」是停車的意思,「～にとまりますか」這句話是用在詢問公車或是火車會不會停靠在想去的目的地。

會話

A：このバスは清水寺（きよみずでら）にとまりますか？

ko.no.ba.su.wa./ki.yo.mi.zu.te.ra.ni./to.ma.ri.ma.su.ka.

這台公車會停清水寺嗎？

B：はい。

ha.i.

會的。

相關短句

このバスは科学館（かがくかん）へ行（い）きますか？

ko.no.ba.su.wa./ka.ga.ku.ka.n.e./i.ki.ma.su.ka.

這台公車是往科學館方向嗎？

大阪駅（おおさかえき）までお願（ねが）いします。

o.o.sa.ka.e.ki.ma.de./o.ne.ga.i.shi.ma.su.

我要到大阪車站。

Track 124

始発列車(しはつれっしゃ)は何時(なんじ)に出(で)ますか

shi.ha.tsu.re.ssha.wa./na.n.ji.ni.de.ma.su.ka.

第一班車是幾點發車

說明

「始発列車(しはつれっしゃ)」也可以説成「始発(しはつ)」，是第一班車的意思。而「最終列車(さいしゅうれっしゃ)」則是最後一班列車，也可以簡稱為「終電(しゅうでん)」。

會話

A：東京(とうきょう)行(ゆ)きの始発列車(しはつれっしゃ)は何時(なんじ)に出(で)ますか。

to.u.kyo.u.yu.ki.no./shi.ha.tsu.re.ssha.wa./na.n.ji.ni.de.ma.su.ka.

往東京的第一班車是幾點發車？

B：5時(じ)10分(ぷん)です。

go.ji.ji.ppu.n.de.su.

5點10分。

相關短句

大阪(おおさか)行(ゆ)きの最終列車(さいしゅうれっしゃ)は何時(なんじ)に出(で)ますか？

o.o.sa.ka.yu.ki.no./sa.i.shu.u.re.ssha.wa./na.n.ji.ni./de.ma.su.ka.

往大阪的最後一班車是幾點？

どのように行けばいいですか

do.no.yo.u.ni./i.ke.ba.i.i.de.su.ka.

該怎麼走呢

説明

「どのように」是詢問方法的時候使用。「どのように行けばいいですか」則是問怎麼走比較好。

會話

A：どのように行けばいいですか？

do.no.yo.u.ni./i.ke.ba.i.i.de.su.ka.

該怎麼走呢？

B：電車で行くのが一番便利です。

de.n.sha.de./i.ku.no.ga./i.chi.ba.n./be.n.ri.de.su.

坐火車去是最方便的。

相關短句

美術館へ行く道を教えてください。

bi.ju.tsu.ka.n.e./i.ku./mi.chi.o./o.shi.e.te.ku.da.sa.i.

請告訴我往美術館，該怎麼走。

上野公園へ行くのですが、道は合ってますか？

u.e.no.ko.u.e.n.e./i.ku.no.de.su.ga./mi.chi.wa./a.tte.ma.su.ka.

我要去上野公園，這條路對嗎？

Track 125

この近(ちか)くにスーパーはありますか

ko.no.chi.ka.ku.ni./su.u.pa.a.wa./a.ri.ma.su.ka.

這附近有超市嗎

說明

「この近(ちか)くに～はありますか」用於詢問所在地附近的設施、目的地。

會話

A：この近(ちか)くにスーパーはありますか。
ko.no.chi.ka.ku.ni./su.u.pa.a.wa./a.ri.ma.su.ka.
這附近有超市嗎？

B：はい、正面出口(しょうめんでぐち)を出(で)てから右(みぎ)にあります。
ha.i./sho.u.me.n.de.gu.chi.o./de.te.ka.ra./mi.gi.ni./a.ri.ma.su.
有的，從正門出去右邊就是了。

相關短句

この町(まち)のお薦(すす)めの博物館(はくぶつかん)を教(おし)えてください。
ko.no.ma.chi.no./o.su.su.me.no./ha.ku.bu.tsu.ka.n.o./o.shi.e.te./ku.da.sa.i.
這個城市有沒有什麼推薦的博物館？

Track 125

ここはどこですか

ko.ko.wa./do.ko.de.su.ka.

請問這裡是哪裡

說明

「ここ」是「這裡」的意思；不曉得自己身在何處時，可以用「ここはどこですか」來詢問當時所在的位置及地名。

會話

A：ここはどこですか？

ko.ko.wa./do.ko.de.su.ka.

請問這裡是哪裡？

B：ここは表参道通りです。（おもてさんどうとお）

ko.ko.wa./o.mo.te.sa.n.do.u.to.o.ri.de.su.

這裡是表參道。

相關短句

ここは何ていう通りですか？（なん）（とお）

ko.ko.wa./na.n.te.i.u./to.o.ri.de.su.ka.

請問這條是什麼路？

Track 126

公園(こうえん)は郵便局(ゆうびんきょく)の左(ひだり)です

ko.u.e.n.wa./yu.u.bi.n.kyo.ku.no./hi.da.ri.de.su.

公園在郵局的左邊

說明

「左(ひだり)」是左邊,「右(みぎ)」是右邊;「前(まえ)」是前面,「後ろ(うしろ)」是後面。

會話

A:すみません。公園(こうえん)はどこですか?

su.mi.ma.se.n./ko.u.e.n.wa./do.ko.de.su.ka.

不好意思,請問公園在哪裡?

B:公園(こうえん)は郵便局(ゆうびんきょく)の左(ひだり)です

ko.u.e.n.wa./yu.u.bi.n.kyo.ku.no./hi.da.ri.de.su.

公園在郵局的左邊。

相關短句

銀行(ぎんこう)は信号(しんごう)の手前(てまえ)です。

gi.n.ko.u.wa./shi.n.go.u.no./te.ma.e.de.su.

銀行在紅綠燈的前面。

スーパーは図書館(としょかん)の向(む)かいです。

su.u.pa.a.wa./to.sho.ka.n.no./mu.ka.i.de.su.

超市在圖書館的對面。

Track 126

地図（ちず）に印（しるし）を付（つ）けてもらえますか

chi.zu.ni./shi.ru.shi.o./tsu.ke.te./mo.ra.e.ma.su.ka.

可以幫我在地圖上做記號嗎

説明

請求別人做某件事時，會用「～てもらえますか」的句型。請別人幫忙在地圖上面做標記時，就可以説「地図（ちず）に印（しるし）を付（つ）けてもらえますか」。

會話

A：この地図（ちず）に印（しるし）を付（つ）けてもらえますか？

ko.no.chi.zu.ni./shi.ru.shi.o./tsu.ke.te./mo.ra.e.ma.su.ka.

可以幫我在這張地圖上做記號嗎？

B：はい。ボールペンありますか？

ha.i./bo.o.ru.pe.n./a.ri.ma.su.ka.

好的，請問你有原子筆嗎？

相關短句

この地図（ちず）で今（いま）私（わたし）がいるところを教（おし）えていただけますか？

ko.no./chi.zu.de./i.ma./wa.ta.shi.ga./i.ru.to.ko.ro.o./o.shi.e.te./i.ta.da.ke.ma.su.ka.

可以告訴我，我現在在地圖上的哪個地方嗎？

最寄り駅はなに駅ですか

mo.yo.ri.e.ki.wa./na.ni.e.ki.de.su.ka.

最近的車站是哪一站

說明

「最寄り駅」是「最近的車站」的意思，詢問最近的車站是哪一站，就可以用「最寄り駅はなに駅ですか」詢問。

會話

A：東京ドームの最寄り駅はなに駅ですか？

to.u.kyo.u.do.o.mu.no./mo.yo.ri.e.ki.wa./na.ni.e.ki./de.su.ka.

離東京巨蛋最近的車站是哪一站？

B：水道橋駅です。

su.i.do.u.ba.shi.e.ki.de.su.

是水道橋站。

相關短句

一番近い駅は何処ですか？

i.chi.ba.n.chi.ka.i.e.ki.wa./do.ko.de.su.ka.

請問最近的車站在哪裡？

Track 127

往復きっぷください

o.u.fu.ku./ki.ppu./ku.da.sa.i.

我要買來回票

説明

「きっぷ」是車票的意思，「往復」為來回，「片道」則是單程。售票處則為「きっぷ売り場」。

會話

A：往復きっぷください。

o.u.fu.ku./ki.ppu./ku.da.sa.i.

我要買來回票。

B：4200円です。

yo.n.se.n./ni.hya.ku.e.n.de.su.

一共是4200日圓。

相關短句

片道きっぷください。

ka.ta.mi.chi./ki.ppu./ku.da.sa.i.

我要買單程票。

大阪まで往復、大人二枚。

o.o.sa.ka.ma.de./o.u.fu.ku./o.to.na.ni.ma.i.

大阪來回、成人兩張。

史上最讚的
日語會話速成班

表達意見
篇

おもしろかった
o.mo.shi.ro.ka.tta.

很有趣

說明

「おもしろい」是有趣、好笑或是內容吸引人的意思，用過去式「おもしろかった」，則是表示看過之後的感想。

會話

A：昨日(きのう)の映画(えいが)どうだった？
ki.no.u.no./e.i.ga./do.u.da.tta.
昨天的電影怎麼樣？

B：おもしろかった。いっぱい笑(わら)った。
o.mo.shi.ro.ka.tta./i.ppa.i./wa.ra.tta.
很有趣，笑個不停。

相關短句

優(すぐ)れた作品(さくひん)です。
su.gu.re.ta./sa.ku.hi.n.de.su.
很棒的作品。

素晴(すば)らしい。
su.ba.ra.shi.i.
很棒。

つまらない

tsu.ma.ra.na.i.

無聊

說明

「つまらない」是無聊、無趣的意思。

會話

A：この小説(しょうせつ)おもしろかった？

ko.no.sho.u.se.tsu./o.mo.shi.ro.ka.tta.

這小說有趣嗎？

B：内容(ないよう)が浅(あさ)すぎてつまらない。

na.i.yo.u.ga./a.sa.su.gi.te./tsu.ma.ra.na.i.

內容太淺了很無聊。

相關短句

くだらない。

ku.da.ra.na.i.

無聊。／沒意義。

イマイチです。

i.ma.i.chi.de.su.

普通。／還好。

思(おも)っていたほどではなかった

o.mo.te./i.ta.ho.do./de.wa./na.ka.tta.

沒想像中得好

説明

事情沒有想像中的美好時，就可以説「思(おも)っていたほどではなかった」，來表示失望。

會話

A：昨日(きのう)のライブどうだった？面白(おもしろ)かった？

ki.no.u.no./ra.i.bu./do.u.da.tta./o.mo.shi.ro.ka.tta.

昨天的演唱會怎麼樣？好看嗎？

B：いや、思(おも)っていたほどではなかった

i.ya./o.mo.tte./i.ta.ho.do./de.wa./na.ka.tta.

沒有，沒想像中得好。

相關短句

がっかりした。

ga.kka.ri.shi.ta.

失望。

がっくり。

ga.kku.ri.

失望。

Track 129

かっこいい

ka.kko.i.i.

帥／好看

説明

「かっこいい」是由「格好(かっこう)いい」來的，表示人事物很好看、帥氣、有個性，都可以用「かっこいい」來説。

會話

A：ね、見(み)て、あの人(ひと)かっこよくない？

ne./mi.te./a.no.hi.to./ka.kko.yo.ku.na.i.

你看，那個人是不是很帥？

B：ほんとうだ。かっこいい。

ho.n.to.u.da./ka.kko.i.i.

真的耶，好帥喔。

相關短句

素敵(すてき)です。

su.te.ki.de.su.

很棒。

最高(さいこう)。

sa.i.ko.u.

最棒。

ださい
da.sa.i.

很醜。

説明

用於形容人事物上不了檯面，或是過時、老氣。

會話

A：あの帽子(ぼうし)、ちょっとださいんだけど。
a.no.bo.u.shi./cho.tto./da.sa.i.n.da.ke.do.
那帽子有點醜耶。

B：そう？僕(ぼく)は結構(けっこう)好(す)きだけど
so.u./bo.ku.wa./ke.kko.u.su.ki.da.ke.do.
會嗎，我還蠻喜歡的。

相關短句

かっこよくない。
ka.kko.yo.ku.na.i.
不帥。

みっともない。
mi.tto.mo./na.i.
上不了檯面。

Track 130

かわいい
ka.wa.i.i.

可愛

說明

形容人事物可愛，就用「かわいい」來表示。

會話

A：ね、このスカートどう？
ne./ko.no./su.ka.a.to./do.u.
你看，這件裙子怎麼樣？

B：うわ、かわいい。
u.wa./ka.wa.i.i.
哇，好可愛。

相關短句

愛(いと)しい。
I.to.shi.i.
可愛。

とってもきれい。
to.tte.mo./ki.re.i.
很漂亮。

すごいね
su.go.i.ne.
真厲害。

說明

表示事物超出一般水準，特別厲害。

會話

A：あの子がフランス語を話すのを聞いた？本当にうまいよね。
a.no.ko.ga./fu.ra.n.su.go.o./ha.na.su.no.o./ki.i.ta./ho.n.to.u.ni./u.ma.i.yo.ne.
你聽過那個孩子説法文嗎？真的説得很好。

B：うん、発音もよくてすごいね。
u.n./ha.tsu.o.n.mo./yo.ku.te./su.go.i.ne.
對啊。發音也很好，真厲害。

相關短句

なんて素晴らしい。
na.n.te./su.ba.ra.shi.i.
真是太棒了。／怎麼這麼棒！

最高です。
sa.i.ko.u.de.su.
最棒。

Track 131

気に入りました

ki.ni.i.ri.ma.shi.ta.

很喜歡

説明

表示自己對某事物很中意，很喜歡，就用「気に入りました」。

會話

A：昨日のレストランどうでしたか？

ki.no.u.no./re.su.to.ra.n./do.u.de.shi.ta.ka.

昨天去的餐廳怎麼樣？

B：クオリティは高いです。とても気に入りました。

ku.o.ri.ti.wa./ta.ka.i.de.su./to.te.mo./ki.ni.i.ri.ma.shi.ta.

水準很高，我很喜歡。

相關短句

好きです。

su.ki.de.su.

喜歡。

わたしの好みです。

wa.ta.shi.no./ko.no.mi.de.su.

是我喜歡的。

なるほど
na.ru.ho.do.
原來如此

説明

聽完對方解釋後恍然大悟。

會話

A：こうすれば、簡単(かんたん)にできますよ。
ko.u.su.re.ba./ka.n.ta.n.ni./de.ki.ma.su.yo.
這麼做的話，就能輕鬆完成囉。

B：なるほど。
na.ru.ho.do.
原來如此。

相關短句

納得(なっとく)する。
na.tto.ku.su.ru.
心服口服。

だから。
da.ka.ra.
難怪。

Track 132

当(あ)たり前(まえ)だ

a.ta.ri.ma.e.da.

理所當然

說明

事情的過程和結果相符，覺得結果理所當然。

會話

A：今回(こんかい)もビリだ。

ko.n.ka.i.mo.bi.ri.da.

這次也墊底。

B：当(あ)たり前(まえ)だ。全(まった)く練習(れんしゅう)してなかったんだから。

a.ta.ri.ma.e.da./ma.tta.ku./re.n.shu.u.shi.te./na.ka.tta.n.da.ka.ra.

這是一定的，因為都沒練習啊。

相關短句

そりゃそうだよ。

so.rya.so.u.da.yo.

理所當然。

それはそうだ。

so.re.wa.so.u.da.

理所當然。

Track 133

そうとも言(い)えるね

so.u.to.mo.i.e.ru.ne.

這麼說也有道理

説明

用於覺得對方說得也有道理時。

會話

A：ある意味(いみ)、むしろ私(わたし)の家族(かぞく)が被害者(ひがいしゃ)だよ。

a.ru.i.mi./mu.shi.ro./wa.ta.shi.no.ka.zo.ku.ga./hi.ga.i.sha.da.yo.

在某種程度上，我的家人反而才是被害者。

B：そうとも言(い)えるね。

so.u.to.mo./i.e.ru.ne.

這麼說也有道理。

相關短句

そうかもしれない。

so.u.ka.mo.shi.re.na.i.

可能是這樣。

確(たし)かにそれはそうだ。

ta.shi.ka.ni./so.re.wa.so.u.da.

的確是如此。

Track 133

もちろん

mo.chi.ro.n.

當然

説明

表示理所當然。

會話

A：今年(ことし)もお花見(はなみ)行(い)くの？

ko.to.shi.mo./o.ha.na.mi./i.ku.no.

今年也要去賞櫻花嗎？

B：もちろん！

mo.chi.ro.n.

當然！

相關短句

言(い)うまでもなく。

i.u.ma.de.mo.na.ku.

不用説也知道。

それは当然(とうぜん)だ。

so.re.wa to.u.ze.n.da.

那是一定的。

どっちでもいい

do.cchi.de.mo.i.i.

都可以／隨便

說明

這句話可以表示出自己覺得哪一個都可以。若是覺得很不耐煩時，也會使用這句話來表示「隨便怎樣都好，我才不在乎。」的意思。

會話

A：ケーキとアイス、どっちを食べる？

ke.e.ki.to.a.i.su./do.cchi.o.ta.be.ru.

蛋糕和冰淇淋，你要吃哪一個？

B：どっちでもいい。

do.cchi.de.mo.i.i.

都可以。

相關短句

どっちでもいいです。

ko.chi.de.mo.i.i.de.su.

哪個都好。

どっちでもいいよ。

do.chi.de.mo.i.i.yo.

隨便。

Track 134

笑(わら)える

wa.ra.e.ru.

很好笑

説明

「笑(わら)える」是很爆笑、很好笑的意思，表示看到會讓人發笑的事物。

會話

A：これ、超(ちょう)笑(わら)える。

ko.re./cho.u./wa.ra.e.ru.

這個超好笑。

B：そうそう、いつ見(み)ても爆笑(ばくしょう)だよね。

so.u.so.u./i.tsu.mi.te.mo./ba.ku.sho.u.da.yo.ne.

對啊，不管什麼時候看都會爆笑。

相關短句

受(う)ける。

u.ke.ru.

很好笑。

笑(わら)いが止(と)まらない。

wa.ra.i.ga./to.ma.ra.na.i.

笑得停不下來。

そう

so.u.

是嗎

説明

不太贊同對方的意見，或是覺得還要再想看看時，就會用上揚的語調説「そう？」來回答。表示「是這樣嗎？」的意思。

會話

A：この服(ふく)かわいくない？

ko.no.fu.ku./ka.wa.i.ku.na.i.

這衣服是不是很可愛？

B：そう？そうでもないけど。

so.u./so.u.de.mo.na.i.ke.do.

是嗎？我不這麼覺得耶…。

相關短句

そんなにいいと思(おも)わないけど。

so.n.na.ni./i.i.to./o.mo.wa.na.i.ke.do.

我不覺得有那麼好。

いや、そうでもない。

i.ya./so.u.de.mo.na.i.

不，也不是那樣。

そうじゃなくて
so.u.ja.na.ku.te.
不是那樣的

説明

認為對方説的不對，否認對方説的話。

會話

A：あ、髪型変えたんだね。
a./ka.mi.ga.ta.ka.e.ta.n.da.ne.
啊，你換髮型了。

B：いや、もともと天パーだよ。
i.ya./mo.to.mo.to./te.n.pa.a.da.yo.
沒有，我本來就自然捲。

A：そうじゃなくて、染めたのかって。
so.u.ja.na.ku.te./so.me.ta.no.ka.tte.
我不是那個意思，我是説你染頭髮了。

相關短句

そういう意味じゃなくて。
so.u.i.u.i.mi.ja.na.ku.te.
我不是那個意思。

Track 136

よくわかりません

yo.ku.wa.ka.ri.ma.se.n.

我不太清楚

説明

表示自己對事情並不清楚。

會話

A：これ、どう使(つか)えばいいですか？

ko.re./do.u.tsu.ka.e.ba.i.i.de.su.ka.

這個要怎麼用？

B：私(わたし)も初心者(しょしんしゃ)なので使(つか)い方(かた)がよく分(わ)かりません。

wa.ta.shi.mo./sho.shi.n.sha.na.no.de./tsu.ka.i.ka.ta.ga./yo.ku.wa.ka.ri.ma.se.n.

我也是初學者，不太了解使用方法。

相關短句

存(ぞん)じません。

zo.n.ji.ma.se.n.

我不知道。

詳(くわ)しくはわかりません。

ku.wa.shi.ku.wa./wa.ka.ri.ma.se.n.

不清楚詳情。

Track 136

知らない

shi.ra.na.i.

不知道

説明

表示完全不知情。

會話

A：なんでこうなったのか知ってるでしょう？

na.n.de./ko.u.na.tta.no.ka./shi.tte.ru.de.sho.u.

你應該知道為什麼會變成這樣吧？

B：え？知らないよ。

e./shi.ra.na.i.yo.

嗯？我不知道啦。

相關短句

全く知らない。

ma.tta.ku.shi.ra.na.i.

完全不知道。

聞いたことない。

ki.i.ta.ko.to.na.i.

聽都沒聽過。

Track 137

そんなはずない

so.n.na.ha.zu.na.i.

不可能

説明

表示絕無可能。

會話

A：またまされたんじゃないの？

ma.ta.da.ma.sa.re.ta.n.ja.na.i.no.

你該不會又被騙了吧？

B：えっ？そんなはずないよ。

e.so.n.na.ha.zu.na.i.yo.

嗯？怎麼可能。

相關短句

そんな訳(わけ)がない。

so.n.na.wa.ke.ga.na.i.

不可能。

いいえ、間違(まちが)っています。

i.i.e./ma.chi.ga.tte./i.ma.su.

不，不對。／不，搞錯了。

Track 137

なんでもない

na.n.de.mo.na.i.

沒事

説明

表示「沒事」，什麼事都沒發生。

會話

A：どうしたの？

do.u.shi.ta.no.

怎麼了？

B：いや、なんでもない。

i.ya./na.n.de.mo.na.i.

沒有，什麼都沒發生。

相關短句

何（なん）にもない。

na.n.ni.mo.na.i.

沒事。

特（とく）になんでもない。

to.ku.ni./na.n.de.mo.na.i.

沒什麼事。

さあ
sa.a.
不知道

說明

表示什麼都不知道、不清楚。

會話

A：営業部(えいぎょうぶ)の部長(ぶちょう)ってどんな人(ひと)？
e.i.gyo.u.bu.no./bu.cho.u.tte./do.n.na.hi.to.
業務部的部長是怎麼樣的人？

B：さあ、知(し)らないよ。
sa.a./shi.ra.na.i.yo.
誰曉得，我不知道。

相關短句

さあ、そうかもしれない。
sa.a./so.u.ka.mo.shi.re.na.i.
不知道，也許是這樣吧。

さあ、よくわかりません。
sa.a./yo.ku.wa.ka.ri.ma.se.n.
不知道，我也不太清楚。

Track 138

私（わたし）に聞（き）かないで

wa.ta.shi.ni./ki.ka.na.i.de.

不要問我

說明

想避開責任，或是不想回答該問題時，請對方不要問。

會話

A：この道（みち）であってるよね？

ko.no.mi.chi.de./a.tte.ru.yo.ne.

這條路對吧？

B：私（わたし）に聞（き）かないでよ。

wa.ta.shi.ni./ki.ka.na.i.de.yo.

不要問我啦。

相關短句

今（いま）のような質問（しつもん）はやめていただけませんか？

i.ma.no.yo.u.na./shi.tsu.mo.n.wa./ya.me.te./i.ta.da.ke.ma.se.n.ka.

可以麻煩不要問像剛剛那種問題嗎？

ノーコメントです。

no.o.ko.me.n.to.de.su.

不予置評。

Track 139

納得出来ない

なっとくできない

na.tto.ku.de.ki.na.i.

無法接受

説明

對事實無法接受時，表示無法認同。

會話

A：あの人（ひと）がチームのリーダーになるなんて、私（わたし）、納得出来（なっとくでき）ない。

a.no.hi.to.ga./chi.i.mu.no./ri.i.da.a.ni./na.ru.na.n.te./wa.ta.shi./na.tto.ku.de.ki.na.i.

我無法認同那個人成為團隊的隊長。

B：でも、ひとまず任（まか）せてみよう。

de.mo./hi.to.ma.zu.ma.ka.se.te.mi.yo.u.

不過，還是先讓他試試看吧。

相關短句

認（みと）められない。

mi.to.me.ra.re.na.i.

無法認同。

受（う）け入（い）れられない。

u.ke.i.re.ra.re.na.i.

無法接受。

Track 139

そんなつもりで言(い)ったわけじゃない

so.n.na./tsu.mo.ri.de./i.tta./wa.ke.ja.na.i.

不是故意這麼說的

説明

表示自己並無此意、並非刻意口出惡言。

會話

A：昨日(きのう)ともちゃんにバカバカって言(い)いすぎじゃない？

ki.no.u./to.mo.cha.n.ni./ba.ka.ba.ka.tte./i.i.su.gi.ja.na.i.

你昨天對著小友一直罵笨蛋，是不是太過分了？

B：ごめん、そんなつもりで言(い)ったわけじゃない。

go.me.n./so.n.na.tsu.mo.ri.de./i.tta./wa.ke.ja.na.i.

對不起，我不是故意的。

相關短句

そんなつもりはない。

so.n.na.tsu.mo.ri.wa.na.i.

沒那個意思。

そんな気(き)はない。

so.n.na.ki.wa.na.i.

沒那個意思。

それにしても

so.re.ni.shi.te.mo.

即使如此

說明

談話時，本身持有不同的意見，但是對方的意見也有其道理時，可以用「それにしても」來表示，雖然你說的有理，但我也堅持自己的意見。另外自己對於一件事情已經有所預期，或者是依常理已經知道會有什麼樣的狀況，但結果卻比所預期的還要誇張嚴重時，就會用「それにしても」來表示。

會話

A：田中(たなか)さん遅(おそ)いですね。

ta.na.ka.sa.n./o.so.i.de.su.ne.

田中先生真慢啊！

B：道(みち)が込(こ)んでいるんでしょう。

mi.chi.ga.ko.n.de.i.ru.n.de.sho.u.

應該是因為塞車吧。

A：それにしても、こんなに遅(おく)れるはずがないでしょう？

so.re.ni.sh.te.mo./ko.n.na.ni.o.ku.re.ru./ha.zu.ga.na.i.de.sho.u.

即使如此，也不會這麼晚吧？

Track 140

そんなことない

so.n.na.ko.to.na.i.

沒這回事

説明

「ない」有否定的意思。「そんなことない」就是「沒有這種事」的意思。在得到對方稱讚時，用來表示對方過獎了。或是否定對方的想法時，可以使用。

會話

A：今日(きょう)も綺麗(きれい)ですね。

kyo.u.mo.ki.re.i.de.su.ne.

今天也很漂亮呢！

B：いいえ、そんなことないですよ。

i.i.e./so.n.na.ko.to.na.i.de.su.yo.

不，沒這回事。

相關短句

とんでもないです。

to.n.de.mo.na.i.de.su.

不敢當。

恐縮(きょうしゅく)です。

kyo.u.shu.ku.de.su.

不敢當。

Track 141

いやだ

i.ya.da.

不要／討厭

説明

這個句子是討厭的意思。對人、事、物感到極度厭惡的時候可以使用。但若是隨便説出這句話，可是會讓對方受傷的喔！

會話

A：明日(あした)一緒(いっしょ)に山登(やまのぼ)りに行(い)かない？

a.shi.ta./i.ssho.ni./ya.ma.no.bo.ri.ni./i.ka.na.i.

明天要不要一起去爬山？

B：暑(あつ)いからいやだ。

a.tsu.i.ka.ra./i.ya.da.yo.

好熱喔，我不要。

相關短句

結構(けっこう)です。

ke.kko.u.de.su.

不必了。

気乗(きの)りがしない。

ki.no.ri.ga./shi.na.i.

沒有興趣。

無理(むり)でしょ

mu.ri.de.sho.

不可能

說明

絕對不可能做某件事，或是事情發生的機率是零的時候，就會用「無理」來表示絕不可能，也可以用來拒絕對方。

會話

A：この成績(せいせき)で大学(だいがく)行(い)ける？

ko.no.se.i.se.ki.de./da.i.ga.ku.i.ke.ru.

這成績能上大學嗎？

B：いや、無理(むり)でしょ。

i.ya./mu.ri.de.sho.

不，我想是不可能。

相關短句

絶対無理(ぜったいむり)だ。

ze.tta.i.mu.ri.da.

絕對不可能。

それは無理(むり)です。

so.re.wa./mu.ri.de.su.

不可能。

だめ
da.me.
不行

説明

這個句子也是禁止的意思，但是語調更強烈，常用於長輩警告晚輩的時候。此外也可以用形容一件事情已經無力回天，再怎麼努力都是枉然的意思。

會話

A：先(さき)にアイス食(た)べていい？
sa.ki.ni./a.i.su.ta.be.te./i.i.
可以先吃冰淇淋嗎？

B：だめ。アイスはご飯(はん)食(た)べてから。
da.me./a.i.su.wa./go.ha.n.ta.be.te./ka.ra.
不行，冰淇淋要飯後吃。

相關短句

絶対(ぜったい)ダメ。
ze.tta.i./da.me.
絕對不行。

食(た)べちゃダメ。
ta.be.cha./da.me.
不能吃。

Track 142

わかったってば
wa.ka.tta.tte.ba.

我知道了啦

説明

用於受不了對方一再提醒，説明自己已經記得了，不必再説。

會話

A：帰(かえ)りに醤油(しょうゆ)を買(か)うのを忘(わ)れないで。
ka.e.ri.ni./sho.u.yu.o./ka.u.no.o./wa.su.re.na.i.de.
回來的時候別忘了買醬油。

B：わかったってば。そんなに忘(わす)れそう？
wa.ka.tta.tte.ba./so.n.na.ni./wa.su.re.so.u.
我知道了啦，我看起來這麼健忘嗎？

相關短句

わかってるよ。
wa.ka.tte.ru.yo.
我知道啦。

言(い)わなくてもわかる。
i.wa.na.ku.te.mo./wa.ka.ru.
不必説我也知道。

國家圖書館出版品預行編目資料

史上最讚的日語會話速成班 / 雅典日研所企編. -- 初版.
-- 新北市 : 雅典文化, 民102.08
面 ; 公分. -- (全民學日語 ; 25)
ISBN 978-986-6282-90-4(平裝附光碟片)
1.日語 2.會話
803.188 102010665

全民學日語系列 25

史上最讚的日語會話速成班

編著／雅典日研所
責編／許惠萍
美術編輯／林子凌
封面設計／蕭若辰

法律顧問：方圓法律事務所／涂成樞律師

總經銷：永續圖書有限公司
永續圖書線上購物網
www.foreverbooks.com.tw

CVS代理／美璟文化有限公司
TEL：（02）2723-9968
FAX：（02）2723-9668

出版日／2013年08月

雅典文化

出版社
22103 新北市汐止區大同路三段194號9樓之1
TEL （02）8647-3663
FAX （02）8647-3660

全民學日語
25

史上最讚的日語會話速成班

雅致風靡　典藏文化

親愛的顧客您好，感謝您購買這本書。

為了提供您更好的服務品質，煩請填寫下列回函資料，您的支持是我們最大的動力。

您可以選擇傳真、掃描或用本公司準備的免郵回函寄回，謝謝。

姓名：　　　　　　　　　　性別：　□男　□女

出生日期：　年　月　日　　電話：

學歷：　　　　　　　　　　職業：　□男　□女

E-mail：

地址：□□□

從何得知本書消息：□逛書店　□朋友推薦　□DM廣告　□網路雜誌

購買本書動機：□封面　□書名　□排版　□內容　□價格便宜

你對本書的意見：

內容：□滿意□尚可□待改進　　編輯：□滿意□尚可□待改進

封面：□滿意□尚可□待改進　　定價：□滿意□尚可□待改進

其他建議：

沿下線傳真、掃描或寄回至「22103新北市汐止區大同路3段194號9樓之1雅典文化收」

您可以使用以下方式將回函寄回。

您的回覆，是我們進步的最大動力，謝謝。

① 使用本公司準備的免郵回函寄回。

② 傳真電話：（02）8647-3660

③ 掃描圖檔寄到電子信箱：

yungjiuh@ms45.hinet.net

沿此線對折後寄回，謝謝。

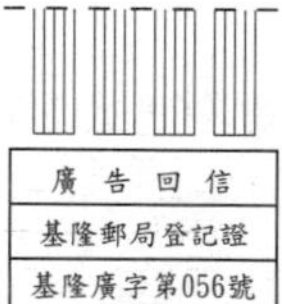

廣告回信
基隆郵局登記證
基隆廣字第056號

221-03

雅典文化事業有限公司　收

新北市汐止區大同路三段194號9樓之1

雅致風靡　典藏文化